PÉLERINAGES.

IMPRIMERIE DE HENRI DUPUY, RUE DE LA MONNAIE, 11.

PÉLERINAGES

PAR

ÉDOUARD D'ANGLEMONT.

PARIS

EUGÈNE RENDUEL, ÉDITEUR,

RUE DES GRANDS-AUGUSTINS, 22.

1835

Au Roi de France.

Nous avons des paroles graves à faire entendre ici. Ce n'était pas sans une inspiration particulière qu'en tête de chacune de nos publications nous avions toujours protesté à cette tribune qui nous est propre contre les idées et les faits qui se développent dans la société actuelle. Aujourd'hui nous pouvons dire en élevant la voix, comme Jérémie lisant dans l'avenir du temple de Jérusalem : Où donc sont les gloires et les splendeurs de l'arche sainte? Et qu'est devenue, ô mon Dieu, la maison que tu habitais? Les mauvaises herbes et les plantes grimpantes se sont avancées sur les places vides de tes autels, tandis que les veaux d'or sont adorés sur les hauts lieux et que l'encens coupable des sacrifices fume pour les divinités étrangères, en l'honneur des alliances de ton peuple avec les filles de Samarie !

Je le pense sérieusement, les invasions de la littérature étrangère ont préludé au déplacement des principes fondamentaux de la constitution française. La tradition nationale est effacée des esprits et des lois, et le sens de notre existence pendant tant de siècles est perdu; et cela, pour avoir subi le joug d'un autre drapeau, pour avoir adopté des couleurs ennemies. Moïse et Racine sont deux législateurs! Shakespeare et Goëthe pouvaient devenir nos alliés ; mais honte aux soldats qui jettent bas les armes, au moment de la bataille, pour proclamer la victoire des soldats qui les attaquent! ceci est de la trahison.

La trahison, avouons-le en passant, a, depuis le soleil de juillet, débordé sur notre malheureuse France! La trahison, c'est notre maladie! La trahison, c'est notre peste! Et c'est Mammon qui a jeté sur nous le fléau!

Oh! Mammon, l'idole aux mamelles d'or, aux pieds d'or, aux mains d'or, est le Dieu de notre nouvelle ère! Nul ne peut servir deux maîtres; Mammon n'a point de rival! C'est lui qu'on adore seul! C'est lui qui nous gouverne!....

Voilà, fabricans de barricades et de royauté, voilà ce qui est sorti de votre révolution, de cette tempête populaire qui a déraciné les moissons de

l'avenir et jeté leurs épis à tous les vents! Et
quel sort vous nous avez fait, à nous pauvres
poëtes! comme l'a dit l'Italien Guarini :

> Lieto nido, esca dolce, aura cortese
> Bramano i cygni.

Eh bien! vous nous l'avez enlevée cette vie
douce; vous nous avez vicié cet air pur dont a
besoin l'ame du poëte! Et moi, pour échapper
aux hurlemens de l'émeute, à votre air empesté,
je me suis exilé de Paris, je me suis réfugié sur
les grèves solitaires de l'Océan et de la Méditer-
ranée, au milieu de nos vastes forêts, sur nos
hautes montagnes, aux rives de nos grands
fleuves; j'ai visité nos vieux châteaux, nos
vieilles églises, les vestiges imposans de la domi-
nation romaine; je me suis assis sur le bord de la
fontaine de Vaucluse; et là, j'ai pris en pitié tout
ce qui se fait en littérature et en politique; là, je me
suis impressionné de l'actualité et des souvenirs;

là, j'ai trouvé des chants qui auront peut-être des échos dans cette France que vous avez couverte de boue et de sanie, et qui lève maintenant les yeux vers un homme méconnu naguère, Berryer, celui qui serait le père de la patrie, s'il suffisait de Cicéron pour nous sauver aujourd'hui, après les succès de Catilina!

Paris, 24 avril 1835.

CHANTILLY.

Ces lieux maintenaut si déserts, où
règne un morne silence, retentissaient
sans cesse du bruit des arts et de cris
d'allégresse et de fêtes.   VOLNEY.

Ogni medaglia ha il suo riverso.
Proverbe italien.

I

CHANTILLY.

Chantilly ! quel séjour, quel prestige féerique,
Alors que le château des vieux Montmorency,
Comme le caïman des fleuves d'Amérique,
Sur la nappe des eaux levait son front noirci ;

Alors qu'aux doux baisers des brises printanières,
Les chasseurs du milieu des lilas, des jasmins,
Sur d'agiles coursiers aux flottantes crinières,
S'envolaient, et des bois effleuraient les chemins ;

Alors que, déposant l'élégante rapière,
Aux sonores éclats du cor victorieux,
Près de jeunes seigneurs, à la table de pierre,
Les dames s'asseyaient pour un repas joyeux ;

Alors que sous les pieds de cette galerie,
Où ta gloire, ô Condé ! tout entière apparaît,
Les piqueurs suspendaient les bois de vénerie
Conquis par les limiers dans l'immense forêt ;

Alors que cette enceinte, aux voûtes blanches et hautes,
Aux nobles écussons par juillet mutilés,
Parfois salle de bal et de festin, pour hôtes
Avait trois cents chevaux à grands frais rassemblés ;

Alors que les Condé d'une île enchanteresse
Cherchaient les toits de chaume et les ombrages frais,
Semblables à ces dieux des fleuves de la Grèce,
Qui voilaient leurs amours sous des roseaux discrets ;

Alors que, déployant une pompe galante,
Le héros de Fribourg, de Lens et de Rocroy,
Par une nuit magique, aurore étincelante,
Sur un bateau de fleurs promenait le grand roi !

Hélas ! le vieux château, présent de la victoire,
De gloire et de splendeur si long-temps inondé,
Est tombé sous tes coups, infâme bande noire ;
Et le meurtre a rompu la tige des Condé !

Là, plus de ces beautés que le cœur divinise,
Plus de chasses, de jeux, de fêtes, ni d'amours !
Chantilly maintenant, comme Rome ou Venise,
Semble un morne vieillard qui pleure ses beaux jours !

Quel bruit de la forêt interrompt le silence ?
Ce n'est pas le coursier qui part en hennissant !
Ho ! ce n'est pas non plus la meute qui s'élance,
Mêlant sa rauque voix au cor retentissant !

Ho ! non, c'est la cognée et la hache qui tombent
Sur les chênes émus par la verte saison !
C'est le gémissement des arbres qui succombent,
Et qui déshonorés roulent sur le gazon !

Ce grand bois de Sylvie, où, triste et solitaire,
J'égarai ma pensée et mon cœur et mes pas,
Comme tout ce qui charme et décore la terre,
Il tombera ! du moins son nom ne mourra pas !

Belle et tendre Clermont, Louise infortunée,
N'est-ce pas dans ce bois battu d'un fer cruel,
Qu'un vieux cerf bondissant sous la meute acharnée
A ton époux secret donna le coup mortel ?

Quand, sans l'amour, la vie est une coupe amère,
Quand, sans l'amour, la vie est un fardeau pesant,
Pourquoi souvent n'a-t-il qu'un éclat éphémère,
Cet astre fils du ciel et son plus doux présent ?

Entre ceux que l'amour sous son aile rassemble,
O mort, pourquoi viens-tu jeter ton bras hideux ;
Pourquoi sépares-tu ceux qui font route ensemble,
Dans l'ivresse du cœur, avec une ame à deux?

Oh! c'est que la pensée à la terre asservie
Mène à l'oubli de Dieu! c'est qu'il plaît au Seigneur
De nous faire aspirer à l'éternelle vie,
Où s'épanche à longs flots la source du bonheur !

Senlis, 12 avril 1834.

FOURVIÈRES.

Æquâ lege necessitas
Sortitur insignes et imos.
HORAT.

Je ne puis concevoir qu'on ait
eu dans ces derniers temps l'i-
dée de changer Fourvières en
une place d'armes. COLLOMBET.

II

FOURVIÈRES.

Si Dieu nous a jetés du sein de notre mère
Sur les sables mouvans d'une vie éphémère,
Consolons-nous, tout meurt! c'est la loi. c'est le sort!
Nos pieds à chaque pas heurtent contre la mort,

Voyez! les monumens, les nations périssent,
Les rocs tombent brisés et les fleuves tarissent!
Voyez! Jules César au pays des Gaulois
Imposa des Romains et les dieux et les lois;
Il hérissa de camps notre vieux territoire,
Y sema des cités et des arcs de victoire!
Eh bien! que reste-t-il de César aujourd'hui
Sur le sol de la Gaule où sa grandeur a lui?
Ce rocher que, rival de l'oiseau du tonnerre,
Le conquérant choisit pour y bâtir son aire,
Voyez, Fourvières parle! à la voix de César,
Là, surgit autrefois une ville, un bazar,
Que venaient enrichir les nations lointaines,
Où luttaient l'Orient, Corinthe, Rome, Athènes;
Là, s'éleva jadis un temple fastueux,
Où fumait de Vénus l'encens voluptueux;
Là, de grands aqueducs s'alongeaient en arcades,
Les eaux en des bassins descendaient en cascades;
Là, de vastes palais vêtus de marbre blanc
Déroulaient aux regards leur masque étincelant;
Et le souffle de Dieu, tempête de mystère,
De toute cette pompe a balayé la terre!

A peine s'il en reste encore quelques débris,
Où le reptile impur a caché ses abris,
Que recouvre la mousse ou la ronce ou le lierre;
Où le pâtre en chantant s'assied sur une pierre,
Ignorant que là fut un grand spectacle humain,
Ignorant qu'il était un empire romain !

Fourvières maintenant, c'est une humble chapelle,
A la mère de Dieu vouée, et qui rappelle
Ce prêtre dont un roi paya les assassins,
Et que Rome chrétienne a mis au rang des saints;
C'est une humble chapelle, où s'agenouille et prie
Celui qui se repose en la foi de Marie,
Cette fille des rois, vase d'élection,
D'où s'échappa l'agneau de la rédemption,
Ce cœur tendre, épuré par la divine flamme,
Ce refuge des maux et du corps et de l'ame,
Cette étoile des mers espoir des matelots,
Ce port des naufragés de la terre et des flots !
Fourvières maintenant, c'est un pieux asile,
Où, quand de ses parens l'indigence l'exile,

La jeune fille trouve, à l'ombre du Seigneur,
L'école du travail, des vertus, du bonheur !
Fourvières maintenant, c'est l'abri solitaire
De vieux prêtres courbés par leur saint ministère,
Qui s'apprêtent sans cesse à rendre compte à Dieu !
Eh bien ! à vous aussi, chapelle, hospice, adieu !
Celui qui s'est paré d'une menteuse écorce,
Qui s'essaie à régner à l'exemple du Corse,
Qui campe comme lui sur un trône glissant,
Vous frappera bientôt de son marteau puissant;
Il vous remplacera par une citadelle !
Il lui faut à Fourvière un lieutenant fidèle,
Qui, si Lyon encor s'agite révolté
Écrase de boulets la souffrante cité !

Lorsque mes yeux en pleurs t'ont vue, hélas ! naguère,
le front tout déchiré, tout meurtri par la guerre,
Morne comme un pays où la lave a passé,
Comme tu fus aux temps de Collot, de Crancé,
Faut-il que des soldats te désolent encore,
Vieille et riche cité que tant d'éclat décore,

Dont j'aime tant le site et les ponts et les tours ,

Qu'enserrent de leurs bras, de leurs nombreux détours,

Le Rhône impétueux, ce beau fleuve qui lie

Par un ruban d'azur Genève et Massilie;

Et la Saône à l'eau verte, aux paisibles destins,

Aux côteaux, doux reflets des champs napolitains :

Pareils à deux amans dont les regards s'invitent,

Qui brûlent, tour à tour, se cherchent et s'évitent,

Qui s'effleurent parfois, et se touchant enfin,

S'enlacent confondus pour un bonheur sans fin !

22 avril 1834.

LE CHATEAU

D'AMBOISE.

Pitié! pitié, mon Dieu!
ALEX. DUMAS.

Usquequò talia.
JOB. 8.

III

LE CHATEAU D'AMBOISE.

Sur tes bords renommés, capricieuse Loire,
    Un vieux et noirâtre château,
Qu'on aperçoit de loin et qui n'est pas sans gloire,
    Se dresse voisin d'un plateau,
Où, descendu du haut de la toute-puissance
    Au fond d'un exil somptueux,

2*

Choiseul osa vouer à la reconnaissance
     Un obélisque fastueux.

C'est le château d'Amboise, où, sur frontons et frises,
     L'illustre race des Valois
Multiplia jadis chiffres, armes, devises,
     Souvenirs d'amours ou d'exploits ;
Où Charles huit mourut, las de courses guerrières ;
     Où l'astre de Penthièvre a lui,
Astre que l'indigent nommait en ses prières ;
     Où se fit bénir comme lui
Lamballe, dont la tête au renom légitime,
     Couverte de boue et de sang,
Au prisonnier du Temple, à la grande victime
     Apparut, spectre menaçant !
Là, c'est une chapelle à gothique structure,
     Vouée au patron des forêts,
Où pend un bois de cerf prodige de nature,
     Selon des dires encor frais ;
Ici, c'est une salle aux grisâtres ogives,
     La salle où le Roi-chevalier,

Accouru sur les cris des dames fugitives,
    Étendit mort un sanglier ;
Plus loin, c'est une tour, à spirale sablée,
    Implantée au cœur d'un rocher,
Où, du pied au sommet, de chevaux attelée,
    Une voiture peut marcher ;
Où, près du roi son hôte, à côté de la flamme
    Prête à dérouler sa prison,
Les yeux étincelans et dégaînant sa lame,
    Charles-Quint cria : Trahison !

Mais où donc est l'honneur des frontons et des frises ?
    Une main aux coups insultans
A détruit sans pitié chiffres, armes, devises !
    Et ce n'est pas la main du temps !!...
C'est la main de celui que la grande semaine
    A fait monarque citoyen,
De celui qui s'est dit : Amboise est mon domaine,
    C'est mon patrimoine, mon bien !
Là, là surtout, j'ai droit, quoiqu'on blâme ou qu'on raille,
    Et de détruire et d'arranger,

J'ai droit de renverser la puissante muraille
Qui gêne ma salle à manger !

Amboise, 30 août 1833.

UNE FERME.

Oh! that hallow'd form is ne'er forgot
Which first love trac'd.

THOMAS MOORE.

Que ne peut-il fleurir éternelle-
ment, le printemps de l'amour!

SCHILLER.

IV

UNE FERME.

—◆—

Non, je n'étais pas né pour la ville fangeuse,
La ville aux mille bruits, aux charmes décevans !
Non, je n'étais pas né pour la mer orageuse
   Où m'emportent les vents !

Il me fallait à moi l'air pur de la campagne,
Les rêves, la fraîcheur des bois silencieux,
Et les chastes baisers d'une douce compagne,
            Au cœur religieux !

Il me fallait à moi des fleurs, de grands ombrages,
Les concerts des oiseux qui chantent leurs amours ;
Il me fallait à moi, nature, tes orages
            Et de paisibles jours !

Je le sens à l'attrait de ce lieu solitaire
Bordé de bois, d'épis et de hauts peupliers,
Où je rencontre air pur, paix de l'ame, mystère
            Et cœurs hospitaliers !

Mais ce qui là surtout en mon ame plaintive,
En mes ennuis épanche un baume triomphant,
Oui, ce qui là surtout me charme et me captive,
            C'est un tout jeune enfant !

Ah ! pourquoi ton aspect a-t-il pour moi des charmes
Qu'avant de t'avoir vu j'étais loin de prévoir ;
Pourquoi, jeune orphelin, sans répandre des larmes,
    Ne puis-je pas te voir ?

C'est que tes grands yeux bleus, de mon adolescence,
Fantastique miroir, me reflètent le temps,
Qu'ils réveillent en moi l'ardeur et l'innocence
    Des feux de mon printemps !

C'est que tes grands yeux bleus me rappellent ta mère,
Que j'aimai comme on aime une première fois,
Auprès de qui l'espoir d'une douce chimère
    M'abreuvait autrefois ;

Ta mère, loin de moi, morte à l'hymen liée,
Lorsqu'à peine ton pied essayait quelque pas,
Ta mère, que déjà d'autres ont oubliée,
    Que je n'oublîrai pas !

Oui, tant que je vivrai, je me parlerai d'elle ;
Parmi les passions, leurs flux et leurs reflux,
Mon cœur aura toujours un battement fidèle
    A celle qui n'est plus !

Comme lorsqu'en nos bois une yeuse est étreinte
Par la flamme du ciel aux dévorans sillons,
Le tronc d'arbre à jamais garde la noire empreinte
    Des brûlans tourbillons.

C'est elle qui me fit entendre la première,
D'une timide voix, le plus doux des aveux !
C'est elle qui jadis dans une humble chaumière
    Concentrait tous mes vœux !

C'est elle qui des vers en moi jeta la flamme !
C'est elle qui me fit dérouler en des chants
Que l'art ne réglait pas, mais qui partaient de l'ame,
    Les voluptés des champs !

C'est elle qui, le soir, prête à chercher sa couche,
Me donnait un baiser, ineffable butin,
Dont le parfum brûlant attendait sur ma bouche
    Le baiser du matin !

                        6 juillet 1830.

UN CIMETIÈRE.

Can I deem the dead,
When busy memory flashes on my brain?
BYRON.

Quæres locum et non invenies.
DAVID. 36.

V

UN CIMETIÈRE.

———•——

Il est près de l'Iton, non loin d'un marécage,
Le long d'un grand chemin de peupliers bordé,
Un petit coin de terre, un funèbre bocage,
Qu'entoure un mur en brique, et bas et lézardé.

3

C'est là, là qu'elle dort, celle qu'en mon jeune âge,
J'aimais d'un amour vierge, à qui je disais : Sœur !
C'est là que je venais faire un pélerinage
Triste, religieux, mais non pas sans douceur ;

Car depuis cinq longs ans, depuis que sa paupière
S'est fermée, et qu'un autre a reçu son adieu,
Je souffrais du besoin de venir sur sa pierre
Poser mes deux genoux, pleurer et prier Dieu !

D'y venir, moi, soldat aux combats de la terre,
L'implorer, l'invoquer comme un ange des cieux,
Moi, pour qui bien souvent une voix de mystère
Avait dit : De sa tombe elle t'entendra mieux !

Et puis j'obéissais à cet instinct de flamme,
Qui, repoussant des jours mesurés au niveau,
Demande pour nos yeux, demande pour notre ame
Une plage inconnue, un sentiment nouveau.

J'arrive au cimetière : aussitôt je m'élance.
Je franchis d'un seul bond la muraille; et, courant,
Dans ce champ dont la pluie interrompt le silence,
Je promène mon pas de tous côtés errant ;

Incertain, ballotté par les stagnantes vagues
De l'Océan des morts, comme les matelots
D'un pauvre bâtiment qui, sur des routes vagues,
S'égare sans boussole et lutte avec les flots.

Mes yeux sur chaque fosse où s'étale l'insigne
D'une pierre, en tremblant accourent s'arrêter,
Comme si j'avais craint de rencontrer le signe
D'une mort, dont parfois j'aime encore à douter.

J'interroge les croix neuves, les croix brisées,
Dont mes doigts frémissans rassemblent chaque part !
Mes recherches bientôt se bornent épuisées,
Et son nom, son doux nom ? Nulle part ! nulle part !

3*

Ho ! celui dont le cœur, dit-on, t'avait choisie,
Dont je trouvais le sort si prospère, si beau,
Mon ange, mon trésor, ma sœur, ma poésie.
T'a refusé les frais d'un granit de tombeau !

Le cimetière parle, et je rougis de croire !
Il ne t'aimait donc pas de mon amour ! Oh, non !
Chaque jour de son cœur s'efface ta mémoire ;
Mais, moi , je me souviens et je redis ton nom.

Au Baudry, 2 novembre 1830.

CHAMBORD.

'Tis lone
And wonderful, and deep, and hath a sound
And sense and sight of sweetness.   Byron.

Le voyageur trouvera là pour société
une terre qui nourrira ses réflexions et
qui occupera son cœur. La pierre qu'il
foulera aux pieds lui parlera.

Chateaubriand.

VI

CHAMBORD.

———◆———

Je ne hais ici-bas rien autant que la pluie !
Elle amollit mes nerfs et m'attriste et m'ennuie !
Oh ! oui, lorsque le ciel ouvre ses sources d'eau,
La vie à tout mon être est un pesant fardeau;
Car poésie, amour, elle vient tout éteindre,
  La pluie, en moi, quand même elle ne peut m'atteindre !

Et naguère à cheval je courais vers Chambord,
Du parc de Saumery je côtoyais le bord,
Elle battait mon sein, mes bras et mon visage,
Et je la maudissais encor plus que d'usage,
Quand soudain j'aperçus, au-dessus des forêts,
Se dresser devant moi comme des minarets,
Comme un de ces châteaux qu'éleva la féerie;
Quoique la pluie alors redoublât de furie,
Je ne la sentais plus ! un indicible émoi
Me parcourait ! Mes pleurs débordaient malgré moi,
Et tous les souvenirs et d'amour et de gloire
Que réveille Chambord, inondaient ma mémoire !

C'est là, disais-je, là que le Roi-chevalier,
Qui reçut de Bayard l'épée et le collier,
Héros à Marignan et plus grand à Pavie,
De chasses et d'amours entremêlait sa vie ;
Là que parfois, auprès de la reine sa sœur,
De piquans entretiens il goûtait la douceur,
Que de ses passions il lui contait l'histoire !
C'est là, qu'en un riant et paisible oratoire,

Enfant du Primatice ainsi que le palais,
Il traçait aux vitraux ses doux versicolets !

C'est là que, de Diane oubliant les années,
Henri deux lui donnait des heures fortunées,
Et répandait croissans et chiffres amoureux,
Pour dire à l'avenir combien il fut heureux !

C'est là que Charles neuf, le chasseur intrépide,
Monté sur un coursier, comme l'éclair rapide,
Sans meute, ni varlets, mit un cerf aux abois !

C'est dans ces murs discrets, c'est au fond de ces bois
Que Louis-le-Pudique a voilé ses tendresses ;
Là que son fils aima ses premières maîtresses,
Qu'aux pieds de Mancini, reine de ses désirs,
Il jetait à grands flots la pompe et les plaisirs !

C'est là, disais-je aussi, dans ce lieu solitaire,
que Maurice de Saxe, exilé volontaire,
Abritait ses lauriers et ses jours orageux,

Que de la guerre encore il évoquait les jeux ;
Là qu'il mourut, pleuré du soldat et des belles !

C'est là qu'un jour, poussé par les destins rebelles,
Stanislas en chrétien s'en vint se résigner,
Et, roi par ses bienfaits, croyait encor régner !

C'est de ce grand château, de tout son territoire,
Que l'Empereur guerrier, l'élu de la victoire,
Dota l'un des chevaux de son char triomphant !

C'est ce domaine-là que le royal enfant,
Le moderne Joas, a reçu de la France,
Comme un gage d'amour ! Aux temps de l'espérance,
C'est là qu'un peuple immense, accouru tout joyeux,
Impatient du cœur, impatient des yeux,
De l'héritier des rois fêta la jeune mère !
Mais ces temps n'ont jeté qu'un éclat éphémère ;
Les lis se sont brisés sur le front de Henri,
De royaume en royaume il mendie un abri !

Mais peut-être qu'un jour, touché de notre épreuve,
Le ciel ramènera l'orphelin et la veuve
Au doux pays de France ! Oui, peut-être qu'un jour,
Chambord, palais proscrit, magnifique séjour,
Menacé vainement de haches déloyales,
Tu renaîtras encore à des pompes royales !

Chenonceaux, 27 août 1833.

LE LUXEMBOURG.

Non, mon cœur n'est point fait pour vivre en solitude.
ANDRÉ CHÉNIER.

VII

LE LUXEMBOURG.

Jardin charmant, où l'art étale ses merveilles,
Où de nos Phidias vivent les nobles veilles,
Le printemps t'a rendu ta couronne de fleurs,
Et seul, triste, le soir, sous ton nouvel ombrage,
    Moi, j'erre, comme le nuage,
Qui baigne dans tes eaux ses mobiles couleurs.

Mes pas de tes bosquets interrogent l'histoire ;
Là, Valvert éclipsé m'apparaît dans sa gloire ;
Je vois ses tours, ses ponts, ses gothiques arceaux,
Et les verts aliziers, dont les branches fleuries,
  Sur le gazon de ses prairies,
Pour voiler deux époux se courbaient en berceaux !

Là, sur l'herbe à genoux, devant l'autel agreste,
Robert chantait le Dieu que l'univers atteste,
Et Berthe souriait au feu de ses accens !
Là, tombé de la main du pontife suprême,
  Le sceau d'un injuste anathême
Flétrit au nom du ciel leurs amours innocens !

Là, nautonniers sortis de l'océan du monde,
Les enfans de Bruno, dans une paix profonde,
Jeûnaient, creusaient leur tombe et déchiraient leurs flancs,
En invoquant celui qui bénit la souffrance,
  Qui ne trahit point l'espérance,
S'envolant vers le ciel en de pieux élans !

Du trône de nos camps exilé par l'envie
Qui des héros jamais ne respecte la vie,
A l'infortune, à Dieu consacrant son repos,
Là, vécut sans regrets le vainqueur de Marsaille,
     Tandis que l'élu de Versaille
S'étonnait d'attacher la honte à nos drapeaux !

J'aperçois ton palais et mon regard s'arrête,
Médicis ! de splendeur il pare encor sa tête ;
Il reçoit des lilas le tribut odorant ;
Dieu ! c'est là qu'un sénat a vendu son silence,
     Qu'il a puisé son opulence
Au sang qu'à la victoire offrait le conquérant !

Ici, Ney, sous la balle !... O parjure célèbre,
Toi que, de sa magie éclatante et funèbre,
Fascina le regard de l'Empereur guerrier,
Ta gloire gigantesque, hélas ! n'a pu t'absoudre !
     Où sont-ils ces temps où la foudre
Fuyait épouvantée à l'aspect du laurier ?

4

Mais quel bruit tout-à-coup trouble ma rêverie?...
Un ramier, qui poursuit sa compagne chérie,
En doux gémissemens exhale le désir !
Elle fuit, il l'atteint, ils soupirent ensemble,
    Un tendre baiser les rassemble,
Et leurs ailes d'azur frémissent de plaisir !...

❋

Et je ne trouve point un cœur qui me réponde,
Un être qui m'entende, avec moi se confonde !
En de vagues ardeurs faut-il me consumer,
Et toujours accuser, sur ma couche brûlante,
    Les nuits de leur course trop lente ?
Plutôt, plutôt mourir que vivre sans aimer !

Ah ! si je la trouvais cette vierge divine,
Que je ne connais pas, mais que mon cœur devine,

Que pour nous l'existence aurait un doux sentier !

Oh ! que je l'aimerais ! Je le sens, cette femme

    Serait et ma vie et mon ame !

Oh ! oui, je lui voûrais mon être tout entier !

15 mai 1826.

VUE

DE NORMANDIE.

> Tout m'occupait, m'animait
> et me donnait un sentiment
> inexprimable de plaisir.
>
> BUFFON.

VIII

VUE DE NORMANDIE.

———◆———

Ainsi, quand battant l'air de son aile grisâtre,
Le rapide milan, à la tête d'albâtre,
Voit l'alouette errer dans le creux des sillons,
Soudain l'oiseau royal, tout pantelant de joie,
S'arrête, et, le regard déployé sur sa proie,
    L'étreint du feu de ses rayons.

Ainsi, quand tout-à-coup le bois au vert feuillage,
Qui de Sainte-Opportune abrite le village,
De son double rideau ne lassa plus mes yeux,
J'arrêtai mon cheval volant sur la bruyère,
Et, surpris, je livrai mon ame tout entière
   A ce tableau délicieux.

Tandis qu'autour de moi la nature ravie
Nageait en des torrens de lumière et de vie,
Que mille papillons, aux changeantes couleurs,
A paillettes d'argent, marbrés, aux longues queues,
Sur le chardon, la ronce et les luzernes bleues,
   Promenaient leurs vivantes fleurs ;

Je voyais à ma gauche, en d'immenses prairies,
Que bordaient champs de blé, jardins et métairies,
Un lac environné de grands bois murmurans ;
Là, voguaient canards bleus et gris, noires judelles ;
Là, se faisaient ouïr cris aigus et bruit d'ailes
   De hérons et de cormorans !

Et, devant moi, c'était une chapelle sainte,
Dont vingt ormes géans ombraient la morne enceinte,
Où jadis, au départ, priaient les matelots ;
Et Quillebeuf, au bout de la pointe angulaire,
Élevant, à côté du phare tutélaire,
    Son temple miné par les flots !

Plus loin, coulait le fleuve, aux eaux jaunes et vertes,
De barques, de filets, de navires couvertes ;
La cité des Romains, avec son long clocher,
Se dressait près d'un fort, aux tours démantelées ;
Et là bas s'effaçaient, par la brume voilées,
    Les blanches murailles d'Orcher !

Entouré de sapins, de chênes, de mélèzes,
Là planait, au-dessus de croulantes falaises,
Tancarville, aux donjons saillans et réguliers.
Vénérables manoirs que la gloire décore,
Mon cœur vous retrouvait brillans, peuplés encore,
    Comme aux beaux temps des chevaliers !

Là, disais-je, roulant sur les fuseaux agiles
De la soie ou du lin les filamens fragiles,
Les dames aux doigts blancs, sur les bancs des jardins,
Écoutaient ou récits de vaillans capitaines
Venus hier d'Hastings, des croisades lointaines,
      Ou gais amours de paladins !

Puis l'un de ces bateaux de récente structure,
Qui n'ont point d'avirons, de voiles, de mâture,
Fuyait, poussé par l'eau qu'en des charbons ardens
La chaudière d'airain sent bouillir enfermée,
Qui, sortant sans relâche en vapeur transformée,
      D'un rouage anime les dents !

J'apercevais la mer où s'engloutit la Seine !
Mes yeux, mouillés de pleurs, erraient de scène en scène !
Puis je rêvais d'amour, je murmurais un nom !...
Je goûtais une extase et ravissante et tendre,
Nouvelle pour mon cœur !... Un bruit se fait entendre,
      Et c'est bien le bruit du canon !

Il est parti d'un brick !... En signe d'allégresse,
Peut-être?.. Non, ho non ! c'est un cri de détresse !
Par des bateaux pêcheurs l'appel est entendu !
On se hâte, on accourt!... Trop tard!.. Le brick chavire,
S'enfonce !.. Cargaison, équipage, navire,
    Tout disparaît, tout est perdu !

La quille aura touché l'un de ces bancs mobiles,
Qui trompent bien souvent les pilotes habiles,
En roulant sous les eaux de sablonneux amas,
Et, qui pour témoigner de ces soudains naufrages,
Désastres renommés de perfides parages,
    Parfois se hérissent de mâts,

Images de ces croix de branchages formées,
Qui de Pyrène au Tage abondamment semées,
S'offrent de tous côtés aux regards du passant,
Et, pour lui demander sans doute une prière,
Lui disent : C'est ici qu'une main meurtrière
    A rougi la terre de sang !

24 juillet 1828.

VINCENNES.

Nec pluribus impar.
Devise de Louis XIV.

L'éclat de grandes infortunes lui
est seul resté.   Le comte de PEYRONNET.

Ses premiers exploits nous promettaient
un grand Condé   Le marq. de PUYVERT.

Et de execratione et mendacio annun-
tiabuntur in consummatione.   DAVID, 58.

IX

VINCENNES.

--- ···◄◄◖▶▶···· ---

1

Ici, victoire à nous ! Londre au cœur orgueilleux,
Tu ne peux opposer l'ensemble merveilleux
De tes armes sans nombre, en colonnes groupées,
Au trésor de fusils, de sabres et d'épées,

Qui dans notre Vincenne aligne ses faisceaux,
Étale ses dessins de lustres et d'arceaux,
Et dont l'œil, qui d'une œuvre à l'autre se promène,
Admire fatigué l'éclatant phénomène !

II

Mais le donjon aussi, la haute et vieille tour,
Dont quatre autres donjons étreignent le contour,
M'appelle, le voilà ! Malgré moi je frissonne,
Au bruit du pont tremblant qui sous mes pas résonne,
A l'aspect de fossés et profonds et béants,
De gonds, de cadenas et de verroux géants,
De portes de bois noir, massives et poudreuses,
De chambres à l'air froid, à demi-ténébreuses,
Et de fers lourds croisés sur d'étroits soupiraux !

Que d'hommes écrivains, ministres, ou héros,
Pour les puissans du jour enseignement austère,
Ont passé là, tombés des grandeurs de la terre !

Mais ce mur est empreint du nom de Mirabeau !

Mirabeau, c'est donc là, dans ce morne tombeau,

Qu'on t'enferma vivant ! C'est là que ta pensée,

Etna mystérieux, bouillonnait insensée !

C'est là que, dans l'extase où se noyaient tes sens,

Prodiguant tes baisers à des charmes absens,

Recréant ta Sophie aux yeux bleus, au teint rose,

Tu rugissais d'amour sur le sein d'une rose !

C'est là que ton génie, au bruit sourd des verroux,

Amassait des torrens de haine et de courroux !

C'est là que fermentait cette lave enflammée,

Cette foudre du cœur trop long-temps comprimée,

Qui dévora l'autel et le trône, en passant,

Et prépara la voie à des fleuves de sang !

III

Quelle est cette colonne obscurément couchée,

Aux pieds du pont-levis ? D'où l'a-t-on arrachée ?

Oh ! je la reconnais ! Ce marbre là gisant

Levait naguère encor son front noir et luisant
Sur la terre où la mort écrasa de son aile
Ce dernier rejeton d'une gloire éternelle,
D'Enghien, conduit aux coups du plomb républicain
Par ce caméléon, par ce prêtre-arlequin,
Qui dans Londre aujourd'hui représente la France !

Pourtant il est, ô honte ! ô lâche indifférence !
Près du trône nouveau que juillet a fondé,
Un héritier de l'or et du nom des Condé !

IV

Mais quoi ! ces pavillons , ce château solitaire,
Dont parfois le grand Roi préférait le mystère
Aux jardins de Versaille, à son pompeux château,
S'écroulent sous le fer d'un barbare marteau !
Et toi, sainte chapelle, aux aiguilles gothiques,
Aux vitraux colorés, aux guivres fantastiques,
Qu'éleva saint Louis au retour d'Orient,

Tu tomberas aussi sous le marteau bruyant
Qui, comme un glas funèbre, attriste mon oreille !

Martyrs de pierre, unis par une mort pareille,
Adieu, grâce à celui dont la main sans pudeur
Attente dans Amboise à sa vieille splendeur,
Mutile ses vieux murs, ses vieilles armoiries,
Et jette un masque impur au front des Tuileries !

Adieu, chapelle antique, adieu, noble palais,
Grâce au thésauriseur de canons, de boulets,
Qui dresse bastions, créneaux et meurtrières,
Qui veut créer ce fort, roi des places guerrières,
Afin que lorsqu'un jour, poussé par le tocsin,
Paris se lèvera, quand pour un grand dessein
Le Roi des Rois, lassé d'une vaine indulgence,
Au peuple confira sa foudre de vengeance,
Le Crésus d'aujourd'hui, le moderne Harpagon,
Escorté de son or, à l'ombre d'un fourgon,

5*

Puisse y venir chercher un abri tutélaire !

Pauvre fou!!!... Dieu puissant, quand souffle ta colère,

Que peuvent envers nous les œuvres de nos mains?..

La foudre du Seigneur s'ouvre tous les chemins !

27 novembre 1833.

LE PRÉMANOIR.

Délectable mélancolie des souvenirs de mon enfance.

Chateaubriand.

La vita, senza amore, è un sogno amaro.

Tasso.

X

LE PRÉMANOIR.

Voilà ce beau pays, cette vallée ouverte,
Cette maison en brique et de tuiles couverte,
Où sans rêver au monde, à ses jeux, à ses bruits,
Sans caresser l'espoir d'un nom, folle chimère,
Je passais, sous les yeux d'un père et d'une mère,
    Les saisons des fleurs et des fruits !

Voilà cette terrasse à tilleuls, à charmilles,
Qui d'insectes nombreux abritait les familles,
Où sur un gros caillou tout seul j'allais m'asseoir ;
Ce clos où moissonnaient les fils de la campagne ;
Ce bois où, pour charmer l'ennui de sa compagne,
    Le rossignol chantait le soir;

Où dans de frais sentiers plus d'une fois mon père
Près de moi d'un bâton combattit la vipère;
Où souvent sous nos pas bondissait le lapin !
La voilà cette cour dont j'ouvrais la barrière
Au pauvre qui pour moi disait une prière,
    En prenant mon morceau de pain !

Voilà ce beau verger plein d'arbres, dont les branches
Se courbaient sous le poids de pommes rouges, blanches;
Où le carquois au dos, l'arc à la main, de joncs
Garnis et de la plume et du fer en losange,
Je visais.... de trop loin la bleuâtre mésange,
    Qui butinait fruits et bourgeons !

Voilà ces verts buissons où je cueillais la mûre ;
L'espalier dont parfois la pêche à peine mûre
De mon palais brûlant éteignait les chaleurs ;
Ces fontaines d'eau vive, où la saison ardente
M'entraînait, dans les jours de l'enfance imprudente,
    Sous l'ombre de saules en pleurs !

Ce vieux mur où, cherchant la coquille fragile,
En un lit sablonneux, sous des pierres d'argile,
J'éveillais des lézards, des orvets endormis ;
Où mon rateau de fer, aux dents inexorables,
Égorgeait, dispersait des peuples innombrables,
    De grands empires de.... fourmis !

Voilà cette montagne au front vert, escarpée,
Par les vents, le soleil et la foudre frappée,
Où deux aigles jadis se sont posés, dit-on ;
Où mon filet, parmi les chardons à fleurs bleues,
Prenait des papillons larges, à longues queues,
    Qui venaient parer mon carton !

Voilà ces quatre étangs aux eaux calmes, limpides,
Où des carpes d'argent, des truites rapides
J'attendais, ligne en main, le choc capricieux,
Tandis que, l'œil au guet, de sveltes demoiselles
Aux anneaux noirs et blancs, aux transparentes ailes,
 Passaient, repassaient sous mes yeux !

Là, vêtu de saphirs, de rubis, d'émeraudes,
L'alcyon du fretin épiait les maraudes,
D'un vieux saule, ou du bord d'un sauvage rosier ;
Là, je courais au jour, à travers la rosée,
Tirer la noire anguille ou la tanche bronzée
 Du fond d'une prison d'osier !

Là, sur des joncs mêlés d'un peu de terre humide,
La brune poule-d'eau, solitaire et timide,
Couvait ses œufs flottans à l'abri de roseaux,
Où, quand soufflaient du soir les suaves haleines,
Des collines, des bois, des grands monts et des plaines,
 Tombaient des nuages d'oiseaux !

Voilà ces peupliers, dont les cimes hautaines
Se miraient dans les eaux des viviers, des fontaines,
Qui d'un grand nid de foin se couronnaient souvent,
Dont l'ombre marquait l'heure, hélas ! si vite enfuie ;
Et qui jetaient dans l'air ainsi qu'un bruit de pluie,
    Quand leurs feuilles tremblaient au vent !

Voilà cette rivière où, dans les jours d'automne,
Fougueuse, avec le bruit de la foudre qui tonne,
La barre des grands flux à nos regards roulait ;
Où quelquefois, aux vents toute voile livrée,
Vers ma ville conduit par la haute marée,
    Un léger navire volait !

Le manoir paternel à mes yeux se décore
De ce qui me frappait, bien jeune enfant encore !
Là, tout ce que j'entends, là, tout ce que je vois,
Monts, ondes, vents, jardins, échos, arbres, prairies,
Tout me jette au travers de douces rêveries,
    Tout pour mon cœur prend une voix !

Et pourtant ce beau lieu ne peut remplir mon ame !
Mais quand les ans ont fait un volcan de la flamme
Qui lorsque j'étais là commençait à germer,
Oh ! parmi ces témoins de mes fraîches années,
Que mes heures encor couleraient fortunées !

C'est là que je voudrais aimer !

Saint-Samson-sur-Rille, 20 juin 1830.

LE
BANC DU NORD.

O ma belle et douce péri, je ne te
vois plus que dans mes rêves!... O
ma bonne étoile, lève-toi sans retard!

ABIVARDY.

Omnes eòdem cogimur.

HORAT.

XI

LE BANC DU NORD.

Tandis que mon beau chien à la tête carrée,
A la robe rougeâtre et soyeuse et marbrée,
A l'oreille tombante, avec de vifs abois,
Sur le frais d'un renard s'enfonçait dans les bois,

Rêveur, je regardais, d'une bruyère nue,

La Rille aux cent détours et de moi si connue,

Et la belle vallée où j'ai passé des jours

Dont le doux souvenir en moi vivra toujours ;

Où fleurs et papillons me charmaient ; où mon ame

Ne vibrait point encore aux regards d'une femme ,

Et, timide et naïve en ses émotions,

Ne se consumait point au feu des passions ;

Riant pays, qui cache un manoir solitaire,

Où l'on pourrait si bien, en un profond mystère,

S'enfermer, vivre à deux, et qui, depuis long-temps,

Semble, comme un ami, me dire : « Je t'attends. »

Puis le clocher d'Harfleur, blanchâtre pyramide ;

Le Hâvre et ses quais blancs ceints d'un azur humide,

Où mon père.... mon père !... autrefois obéi,

Maître de Sidney-Smith par le fleuve trahi,

Au risque de ses jours, sous son toit tutélaire,

Ravit le commodore au caillou populaire ;

Honfleur et sa montagne, où, pieux pélerins,

Au sortir de la mer accourent les marins,

Pieds nus, se prosterner devant la Sainte-Vierge,

Au salut des vaisseaux faire offrande d'un cierge,

Ou pendre en la chapelle un navire *ex-voto ;*

Ces hauts bois, de Saint-Pierre antique et vert manteau ;

Le géant de nos ifs dressant sa tête noire ;

La Seine, vers sa perte, élargissant la moire

De sa nappe verdâtre et fauve ; plus voisin,

Au bord de l'eau, le vieux et jaune *Magasin,*

Tout venait de concert nourrir ma rêverie ;

Et mes regards cherchaient cette vaste prairie,

Où des bœufs, des chevaux pâturaient si nombreux,

Dont à quelque vingt ans, d'un pied aventureux,

Téméraire chasseur, je quittai les rivages

Pour des sables sans fin semés d'oiseaux sauvages,

Où je ne pus qu'à peine échapper, en courant,

Au flux qui se ruait sur moi comme un torrent.

Mes yeux n'ont point trouvé ces herbages immenses !

La Seine, dans le cours d'indomptables démences,

A tout pris ! Elle n'a laissé du banc du Nord

Que du sable où son eau de place en place dort !

C'est ainsi que le temps, fleuve que rien n'arrête,

Nous attaque, nous mine et nous fait sa conquête !

6

C'est ainsi qu'ici-bas nous disparaissons tous,
En laissant tout au plus un vain nom après nous !
Ah ! du moins, en passant dans ce désert aride,
Où le vent de la mort incessamment nous ride,
Où l'espoir, beau mirage, est là pour nous leurrer ,
Ah ! du moins tâchons donc, tâchons de rencontrer,
Ainsi qu'une oasis à l'ombre fraîche et verte,
Une ame à notre cœur, à nos pensers ouverte,
Qui vienne un peu calmer cette soif de bonheur,
Qu'en nous donnant le jour met en nous le Seigneur,
Et qui, lorsqu'il faudra que nous quittions la terre,
S'envole avec notre ame au Dieu qui désaltère !

Pointe-de-la-Roque, 6 septembre 1832.

ROSNY.

Là-bas, c'est Rosny qui rappelle
Deux gloires qui vivront toujours.
Légendes françaises.

XII

6'

ROSNY.

Rosny, tu n'as pas ces allées
Qui surprennent, ni beau palais ;
Tu n'as ni côteaux, ni vallées,
Ni grottes sombres, isolées,
Ni roches grises, ni chalets ;

Tu n'as pas de blanches statues,
Ni temples chinois ou payens,
Ni colonnades abattues,
Ni belles ruines vêtues
De la couleur des temps anciens ;

Tu n'as pas de lacs, de cascades,
De bassins de marbre, où les eaux
Ont dauphins, tritons et naïades,
Et, se dessinant en arcades,
Retombent en légers réseaux ;

Tu n'as, au bout d'une prairie,
Qu'un noir château flanqué de tours,
Qu'une plaine verte et fleurie,
Que pare de sa broderie
Notre grand fleuve aux cent détours !

Oui, mais aussi, noble demeure,
N'as-tu pas des charmes puissans
Et que le temps à peine effleure?
Pour l'ame qui s'émeut, qui pleure,
N'es-tu pas un foyer d'accens?

C'est dans ton sein que le modèle
Des hommes montés au pouvoir,
Du Béarnais l'ami fidèle,
Ainsi qu'en une citadelle,
Toujours muré dans son devoir,

Vint, alors que régna Marie,
Reposer ses jours glorieux ;
Et, l'ame de chagrins nourrie,
Veiller encor sur la patrie,
Comme un ange du haut des cieux !

Tu te souviens d'un deuil austère
En ton asile renfermé ;
D'une veuve, dans ton mystère,
Pleurant, colombe solitaire,
Auprès d'un cœur inanimé !

Tu te souviens de Caroline,
Cette fille de nos vieux rois,
Esclave d'une voix divine,
Ouvrant un port à l'orpheline
Sous le pavillon de la croix !

Et puis tu l'as vue, ó retraite
De son printemps sitôt flétri,
Pâle de sa douleur muette,
Garder, mère tendre, inquiète,
Le berceau du nouvel Henri,

Elle qui, par son cœur guidée,
Chercha les dangers sans effroi,
Qui, forte de sa noble idée,
S'écria : Lève-toi, Vendée,
Je suis la mère de ton Roi !

12 juin 1834.

L'ÉGLISE
DE BELLEVILLE.

> Je nourris dans la solitude mes blessures
> profondes.   GOETHE.

> Encore un instant, et tout sera con-
> sommé; le trépas sera vaincu et le mys-
> tère de délivrance accompli.
>   LA MENNAIS.

XIII

L'ÉGLISE DE BELLEVILLE.

Humble église, cachée au sein de Belleville,
Pour chercher sous ton ombre un baume à mes douleurs,
J'ai quitté le chemin, qui de la grande ville
Conduit parmi les bois, les oiseaux et les fleurs.

Me voilà dans ta nef et solitaire et nue,
Devant ton crucifix, respirant ton air froid,
Regardant ta structure à mes yeux inconnue,
Et la foi de mon cœur s'affermit et s'accroît !

Toi, qui connais le mal dont mon ame est atteinte
Au jour où je t'invoque, exauce-moi, mon Dieu !...
Mais quel est donc ce bruit ? c'est la cloche qui tinte,
Qui pleure une agonie au catholique adieu !

La mort va donc frapper un enfant de la terre !
Dieu le veut ! c'en est fait, son dernier jour a lui !
Un prêtre l'a marqué de l'huile au saint mystère :
C'est un chrétien qui meurt ! chrétiens, priez pour lui !

Mais au ver dévorant qui va livrer ses restes ?
Est-ce un être abreuvé de souffrance ici-bas,
Qui, pour parer son front des guirlandes célestes,
De cette vie enfin voit finir les combats ?

Peut-être que l'espoir d'une riche famille,
Qui la voyait grandir en charmes, en vertu,
Loin de son bien-aimé, meurt une jeune fille
Que dévore un amour follement combattu !

Peut-être que, mourante, une épouse adorée
Met au monde un enfant, qui, dans l'âpre chemin
De notre triste vie, à tant de maux livrée,
N'aura pour le guider ni son cœur, ni sa main !

C'est peut-être un guerrier couvert de cicatrices,
Dont le sang a rougi nos drapeaux triomphans,
Dont un or viager a payé les services,
Qui lègue pour tout bien sa gloire à ses enfans !

Mais ne serait-ce point un jeune homme, un poëte,
Rongé d'un noir chagrin, cancer laborieux,
Qui, sentant s'approcher la mort là toute prête,
Touche son front glacé d'un doigt mystérieux ?

Mais je n'entends plus rien !.. De sa prison grossière
L'ame sort et s'envole au séjour éternel,
Et le corps va bientôt retourner en poussière,
Pour attendre le jour du réveil solennel !

De la terre habitant éphémère et fragile,
Ainsi je subirai l'atteinte du trépas ;
Mais, lorsque je perdrai ma dépouille d'argile,
Un destin m'est promis que je ne comprends pas !

Ame, qui maintenant perces la nuit profonde
Où l'esprit des humains s'égare épouvanté,
Toi qui jouis déjà des biens de l'autre monde,
Dis-moi ce qu'à mes sens cache l'éternité !

25 juin 1833.

LE PONT DU CHER.

Toi partout, toi toujours!
GOETHE.

Nuages, parlez ma pensée.
SCHANFARA.

XIV

7

LE PONT DU CHER.

———◆◆◆———

Oh ! c'est un bel aspect que la vaste campagne
Où Tours lève son front ; que la route d'Espagne
Qui franchit la cité, large et droite, et descend,
Vers la Loire et le Cher, d'un frais et bleu versant,
Entre la pittoresque et haute cathédrale,
Du jeune Charles-Huit demeure sépulcrale,

7*

Et les restes plâtrés du châtel où jadis
Louis-Onze, tremblant, cacha ses jours maudits !

Eh bien ! moi, sur le pont du Cher mélancolique,
Je ne regardais point la haute basilique,
Ni la route alongée et verte et sans détours,
Ni le donjon blanchi du vieux Plessis-lès-Tours !
Je regardais passer au-dessus de ma tête
Un beau nuage d'or, dragon à large crête,
Aux ailes de feuillage, au long contour mouvant,
Vers le ciel du Midi charrié par le vent ;
Et, l'étreignant des yeux : « Où te pousse, ô nuage,
» Celui qui t'a dit : Sois ; et qui t'a dit : Voyage ?
» Oh ! plus heureux que moi de sa vue exilé,
» Irais-tu, par hasard, ô beau fantôme ailé,
» Aux rives de la Vienne, au manoir où, près d'elle,
» S'envole ma pensée et brûlante et fidèle ?
» Oh ! si tu passes là, nuage, si tu vois
» Ses doux yeux, prends pour elle un langage, une voix ;
» Parle-lui, sois l'écho de mon ame qui pleure ;
» Dis ce que je répète en tous lieux, à toute heure,

» Dis-lui, de grâce : A toi mon ame ! à toi mes jours !

» Oh ! oui, n'aimer que toi, que toi seule, et toujours !

» T'aimer comme une amie, une sœur, une amante,

» Foyer où mon bonheur ici-bas s'alimente !

» T'aimer comme un bon ange en ma route envoyé,

» Pour me conduire au ciel que j'avais oublié !

» T'aimer, soit que ta vie à ma vie appartienne,

» Que ta main, chaque jour, me guide et me soutienne,

» Soit que le sort, pour moi prodigue de douleur,

» Ravisse ta lumière à mes jours sans couleur ! »

20 août 1833.

CHENONCEAUX.

Laudabunt alii claram Rhodon aut Mitylenen.

HORAT.

XV

CHENONCEAUX.

Qu'on ne me vante plus Rambouillet, Morfontaines,
Fontainebleau, ses bois, ses roches, ses fontaines,
Le site de Meudon, ses ombrages discrets,
Le beau Raincy foulé par tant d'hôtes insignes,
Navarre avec ses eaux, sa cascade, ses cygnes,
        Et sa couronne de forêts.

Qu'on ne me vante plus la pompe de Versailles,
Saint-Gratien, séjour du vainqueur de Marsailles,
Trianon, ses bosquets, ses rocs mystérieux,
Les magiques édens du Loiret ou de l'Eure !
Victoire à Chenonceaux, la royale demeure !
    Là tout prend le cœur et les yeux !

Là, c'est François-Premier, si courtois et si tendre,
Courbé devant un prêtre, et qui lui fait entendre
D'un cœur humble et contrit les sincères aveux,
Ce pendant que non loin, aux murs de la chapelle,
Quelques pages, qu'ailleurs en vain l'amour appelle,
    Tracent des chiffres et des vœux !

Ici, c'est une femme, et jeune et ravissante,
Qui, telle que la fleur au soleil, languissante,
Se prosterne en pleurant, le front pâle d'effroi ;
Ta fille, Saint-Vallier, qui demande ta grâce,
Qui tout-à-coup des pieds, des genoux qu'elle embrasse,
    Relève un front maître du Roi !

Là, c'est une fontaine à l'onde diaphane,
Caprice d'Henri-Quatre, où la belle Diane
Puisa le talisman de sa longue beauté ;
Ici, c'est une porte et royale et furtive,
Que, pour l'heureux Brissac, elle entr'ouvrait craintive
    Durant les belles nuits d'été !

Là, c'est le caveau noir où la reine de France,
Médicis, de Goric, évêque de Florence,
Empruntant le savoir puissant et renommé,
Évoquait l'avenir qui s'ouvrait devant elle
Et découvrait, percé d'une dague mortelle,
    Henri son enfant bien-aimé !

Ici, c'est l'oratoire où bientôt une reine
Au cœur simple et pieux, Louise de Lorraine,
Sous le voile de deuil qui cachait sa pâleur,
Pria pour son époux ! Et là bas, c'est l'allée
Où, quand sonne minuit, toute blanche et voilée,
    Elle apporte encor sa douleur !

Puis, c'est le Béarnais et la belle duchesse
Qu'il aimait, disait-il, mieux que trône et richesse,
Qui viennent visiter la veuve d'Henri-Trois,
Qui, sous des pampres verts entrelacés en dôme,
Lui demandent tous deux pour César de Vendôme
    La pupille des derniers rois !

Puis, c'est Voltaire, au sein d'une foule enivrée,
Avec chiens, et chevaux, et carrosse, et livrée,
Du sauvage vallon troublant un jour la paix ;
Ou Rousseau, d'un enfant mercenaire tutelle,
Rêvant, timide, obscur, sa Julie immortelle,
    A l'ombre de chênes épais !

Au charme du passé dont ce lieu se décore,
Le charme du présent vient ajouter encore !
Où trouver des abris plus frais et plus dormans,
Un air plus vif, plus pur, une eau plus savoureuse ?

Où trouver un château de pose plus heureuse,
    Plus fécond en enchantemens?

Comme un pont des Romains, ce vieux château s'alonge
Sur le Cher, dont l'aspect s'éloigne et se prolonge,
Où se baignent moulins, et saules, et brebis,
Si beau, lorsque la lune argente sa surface,
Ou qu'un soleil ardent lui jette de sa face
    Des diadêmes de rubis!

Oh! le soir, qu'il est doux, au milieu des vestiges
Des temps qui ne sont plus, parmi tant de prestiges,
D'écouter l'eau qui roule à travers le château!
Oh! qu'il est doux de voir, sous l'haleine des brises,
S'enfoncer mollement dans les arcades grises
    La voile blanche d'un bateau!

Mais qu'il serait plus doux, par une nuit sereine,
D'égarer sur ces eaux sa dame souveraine,

D'y tracer avec elle un long, bien long chemin,
D'y confondre des mots d'ivresse et de mystère,
Et d'y laisser parfois, dans l'oubli de la terre,
    La rame échapper de sa main !

Chenonceaux, 28 aout 1833.

LES
BORDS DE LA RISLE.

On aime les lieux comme des amis,
et leur souvenir se rattache à toutes
les impressions qu'on a reçues.
La duchesse de DURAS.

XVI

LES BORDS DE LA RISLE.

Après un an d'exil, ô mon pays natal,
Je revois ton doux ciel, cette onde de cristal,
Qui, parmi les moulins, les prés, les métairies,
Sème de ses détours les folles broderies ;

8

Qui, dans les jours d'été, m'ouvrit des bains si frais !
Je respire cet air qu'enfant je respirais !

Voilà la vieille église où j'entendais la messe,
Où, le cœur tout contrit, je donnais ma promesse
De mourir au péché ! Voilà le coq mouvant
Où tant de fois mon œil chercha le cours du vent,
Et dessous, cette cloche, au son mélancolique,
Qui sonna ma venue au monde catholique !

Voilà le rouge toit de ce riant séjour,
Où mon aïeul est mort, où moi j'ai vu le jour,
Où j'ai passé quinze ans ! Voilà la terre sainte
Où mon père a sa tombe ; et tout près, c'est l'enceinte
Où celle dont les soins m'entourèrent enfant,
Qui m'apprit ce que Dieu prescrit, ce qu'il défend,
Qui là reçut le nom de sainte Madelaine,
S'éteint, toute au Seigneur, sous le crin et la laine !

Voilà cette montagne où, dans mes jeunes ans,

Je butinais cailloux étoilés ou luisans,
Primevères et mousse, et fleurs de chèvrefeuille,
Et jaunes papillons, images d'une feuille !

Voilà cette maison où, de si grand matin,
J'allais m'initier aux secrets du latin,
Où prêt à recueillir des palmes de victoire,
En face d'un nombreux et brillant auditoire,
Je disais, d'un seul ton, comme tourne un rouet
Calypso, Télémaque, ou des vers d'Arouet !

Voilà ce Bonnebosc aux grandes avenues,
Aux monts coupés de bois et de bruyères nues,
Aux sauvages bosquets, où frais adolescent,
Alors que s'éveillaient ma pensée et mon sang,
Je rêvais une femme, une vierge charmante,
Au suave regard, à l'ame douce, aimante,
Pour lui dire : Je t'aime, aime-moi, puis sans fin
Abreuvons-nous tous deux d'un bonheur dont j'ai faim.
Là bas, c'est, aux confins du Tempé de Neustrie,
Ce village bordé d'une longue prairie,

8*

De ruisseaux clairs et purs, et de bois montueux,
Où, vainqueur d'un serpent vorace et monstrueux,
L'évêque saint Samson fonda ce monastère
Dont naguère il restait un débris solitaire,
Vieux géant, qui semblait pleurer, se plaindre à moi,
Dont je n'ai jamais pu contempler sans émoi
Les membres de squelette et le manteau de lierre,
Dont il ne reste plus maintenant une pierre,
Grâce à ces destructeurs, trafiqueurs de tout bien,
Plus cruels que le temps qui ne respecte rien !
C'est là que, tout voisin du tertre où fut Pentalle,
Avec ses belles eaux, sa pompe végétale,
Se déploie un manoir qui semble m'appeler,
Où j'ai vu mon printemps si doucement couler,
Dont mon feu de poëte a buriné les charmes,
Dont le revoir toujours me donne joie et larmes,
Où par le souvenir mon cœur se rajeunit,
Où je revolerai comme l'aigle à son nid !

Oh ! que ne puis-je là, loin de la cuve immonde

Que l'on nomme Paris, loin du bruit, loin d'un monde
Tout pavé de menteurs, de cœurs secs, de méchans,
Rasséréner mon ame au pur souffle des champs,
Trouver, dans un amour et pudique et fidèle,
Un terme au noir chagrin qui me ronge, et près d'elle,
Ruisseau d'argent caché sous un feuillage épais,
Dans l'océan de Dieu me perdre un jour en paix!

Pont-Audemer, 23 septembre 1833.

LA CHAPELLE

NOTRE-DAME-DE-GRACE.

Ave maris stella.
Hymne à la Vierge.

XVII

LA CHAPELLE

DE NOTRE-DAME-DE-GRACE.

La Seine a sur ses bords une côte sauvage,
D'où l'on peut voir la mer et le double rivage
Si varié, si frais, du fleuve qui se teint
Et de jaune et de vert, s'élargit et s'éteint ;

D'où l'œil peut naviguer des phares de la Hève
A ces vallons pour moi si doux et dont je rêve;
Et d'Harfleur dont la foudre a mordu le clocher,
Aux bois du mont Courel, aux falaises d'Orcher ;
Montagne qui, malgré les vents au souffle aride
Sous lesquels, près des mers, tout gémit et se ride,
Étale avec orgueil ses hauts sommets couverts
De gazons opulens et de grands arbres verts.

Là, se montre, au-dessus de terres volcaniques,
Une vieille chapelle, au dire des chroniques,
Saint *ex-voto* construit, au sortir du danger,
Par un jeune Normand qui faillit naufrager,
Au retour d'outre-mer, riche d'or, d'espérance,
Lui dont le cœur laissa dans le pays de France
La vierge qu'il aimait de cet amour divin
Qui grandit en souffrant, contre qui tout est vain,
La vierge dont le père un jour lui fit entendre :
Fais fortune, jeune homme, et tu seras mon gendre !

Là, depuis, aux genoux de la mère de Dieu,
A qui le fondateur a voué ce saint lieu,
Que de marins, pieds nus, se découvrant la tête,
Ont acquitté des vœux éclos de la tempête !

Et moi, dont le vaisseau s'égare aventureux,
Sur une mer d'écueils, sous un ciel ténébreux,
Qui n'ai pour me guider, en ma route incertaine,
Que le rêver si doux d'une étoile lointaine,
Dont le vaisseau parfois s'entr'ouvre aux flots amers,
A l'arche d'alliance, à l'étoile des mers,
Moi, j'ai recours aussi : Notre-Dame, ô Marie,
Toi qui prends en pitié l'affligé qui te prie,
Toi qui sauvas jadis ce jeune Neustrien,
Dont le sort, jusque-là, ressemble tant au mien,
Conduis-moi dans le port que tout mon être appelle,
Et j'en fais vœu, j'irai dans ta sainte chapelle,
Prosterner devant toi, mère du Tout-Puissant,
La pieuse oraison d'un cœur reconnaissant ;

J'irai, mère du pauvre, avec la cire ardente,

Déposer à tes pieds une aumône abondante

Dont tu feras des parts aux premiers matelots

Qui, hors la vie, auront tout perdu dans les flots.

Honfleur, 12 octobre 1833.

L'ÉGLISE

DE SAINT-DENIS.

Mon ame est triste comme le désert.
SCHERF-EDDIN.

Antè hunc diem inauditum crimen.
CICÉRON.

Hélas! tout passe, tout s'éteint sous le soleil,
les races des héros, comme les races vulgaires.
FRAYSSINOUS.

Quis hominum potest scire consilium Dei?
SAPIENT. 9.

XVIII

L'ÉGLISE DE SAINT-DENIS.

J'aimais le bal, j'aimais ces galops vagabonds
Où les pas et le cœur précipitent leurs bonds ;
J'aimais la valse ardente, aux doux encens de femme,
Aux frémissantes mains, aux longs regards de flamme,

Isolement à deux ; et maintenant, pour moi,
Le bal est sans attrait, sans femmes, sans émoi,
Et maintenant, sevré de sa douce présence,
Loin d'elle, fleur d'amour au parfum d'innocence,
D'elle, à qui tout entier je veux appartenir,
D'elle, toute mon ame et tout mon avenir,
Triste, j'aime l'hiver, son manteau de froidure,
Ses arbres au front noir où manque la verdure,
Ses fleuves débordés, son ciel brumeux, ses vents,
Et sa neige linceul des morts et des vivans ;
J'aime ces vieilles tours d'où l'oiseau des ténèbres,
Au jour agonisant, jette ses cris funèbres ;
J'aime ce qu'en leur vol les siècles ont noirci,
J'aime tout ce qui porte un air de deuil! Aussi,
Je t'aime, ô Saint-Denis, ô vieille et sainte église,
Dont le clocher, dragon à la peau rude et grise,
S'alonge avec ses dents, ses écailles, ses croix,
Comme un spectre lugubre à l'horizon des rois!

C'est là que les conduit la mort, ce grand mystère,
Qui, comme nous, vous frappe, ô puissans de la terre,

Et qui se plaît peut-être à décimer vos rangs,
Comme se plaît la foudre à rouler ses torrens
Sur les hauts pics des monts, des clochers et des arbres.

C'était là qu'autrefois, à l'ombre de leurs marbres,
En un manteau de plomb couchés, ensevelis,
Les trois races des rois de l'abeille et des lis,
Charles-Martel, Suger, Duguesclin et Turenne,
Confiaient à la mort leur grandeur souveraine,
Sans craindre que jamais un vent d'impiété
Souillât de leur sommeil la sainte majesté!
Et cependant, écho d'une hymne pindarique,
Rivale de l'hyène et du chacal d'Afrique,
La sanglante assemblée, au renom immortel,
Se rua sur les morts endormis sous l'autel,
Se vautra dans leur tombe, et sur les bières vides
Le monstre aux bras de fer porta ses mains avides!

Là se montrent encor les anciens monumens;
Mais là, plus de cercueils, de chairs, ni d'ossemens;

Nulle pompe de mort aux regards exposée !

Là, qui ne se croirait aux salles d'un musée ;

Si dans un coin obscur du temple souterrain,

A la rouge clarté d'une lampe d'airain,

L'œil resté sec devant les tombes, les statues,

Ne rencontrait soudain deux bières revêtues

D'un ample velours noir, ondoyant et brodé

D'un écusson d'argent aux armes des Condé.

A ce nom rayonnant d'infortune et de gloire,

Oh ! que de souvenirs ébranlent la mémoire ;

Oh ! qui ne sent son cœur doubler ses battemens,

Son ame s'inonder de saints frémissemens,

Et ses yeux se mouiller de pleurs involontaires !

Que haute est votre voix, ô cercueils solitaires !

Ne me dites-vous pas Condé, si jeune encor,

Courant comme un chasseur qu'éveille un son de cor,

A l'éclat périlleux d'une aurore si belle ,

L'amour tachant son front des lauriers du rebelle ;

Turenne et Mazarin combattant contre lui,

La splendeur dont cet astre à son couchant a lui ;

Et Bossuet, nourri du lait de l'Evangile,
Terrassant les orgueils de notre vaine argile,
Poëte du vainqueur de Lens et de Rocroi,
Et roi dans le grand siècle à côté du grand Roi ?
Ne me dites-vous pas ce Condé d'un autre âge,
Autre héros, poussé par notre grand naufrage
Sur des bords étrangers et soudain rassemblant
Le cœur de la noblesse autour du drapeau blanc ?
Ne me dites-vous pas d'Enghien, avec ivresse,
Dépensant en amour, en élans de tendresse,
Les trésors de son cœur et noble et chaleureux,
Heureux autant qu'il soit en l'homme d'être heureux,
Et conduit à la mort par une horrible trame ?
Ne me parlez-vous pas du satanique drame
Du château de Saint-Leu, drame sans spectateurs,
Où la scène resta vide des vrais acteurs ?

Mais sous le chœur, derrière une massive porte,
Il est un noir caveau qu'on n'ouvre pas ! Qu'importe,
Le char de la pensée, aussi prompt que l'éclair,
Plus puissant que la foudre et plus subtil que l'air,

9*

Comme Elie autrefois, sur sa roue enflammée,
M'enlève et m'introduit dans l'enceinte fermée :
Sept bières que recouvre un drap noir à longs plis,
Richement argenté de larmes et de lis,
Et qui semblent trôner sur de hautes estrades,
Au milieu d'une enceinte aux noires balustrades ;
Et puis un roi, gisant aux marches du caveau,
Qu'une mort jettera sur un trône nouveau !

Avant notre juillet, c'était la mort du frère
Qui devait amener ce sacre funéraire !
C'est là que le vieux roi devait descendre un jour ;
Et maintenant sa place en ce dernier séjour
Appartient à celui qui porte la couronne !

Mais peut-être.... qui sait ? L'Éternel environne
Ses œuvres à venir d'un secret si profond !...
Oui, peut-être que Dieu qui sonde jusqu'au fond
Tout ce qu'un beau vernis colore à la surface,
Ce Dieu qui dit : A bas le masque de ta face,

Au singe de vertus, au politique adroit;
Ne t'accordera pas, roi de fait, non de droit,
Ce dont il a frustré le roi de la victoire,
Le colosse empereur, le géant de l'histoire,
Ne t'accordera pas une place à côté
Du roi martyr, à toi, Bourbon Egalité!!...

30 décembre 1833.

L'OBÉLISQUE DE LUXOR.

A ruin, yet what ruin!
BYRON.

Il est là couché, il dort; mais on le
verra encore debout et la gloire le
couronnera encore de son auréole.
MOTÉNABBI.

XIX

L'OBÉLISQUE DE LUXOR.

Etrange monolithe, aiguille au granit rose,
Trophée, antique enfant d'un roi victorieux,
Tu t'élevais naguère aux grands sables qu'arrose
L'onde aux sels fécondans du Nil mystérieux !

Debout près de ton frère, ô géant magnifique,
Tu te dressais devant un temple d'Anubis,
Dont le portail sculpté, masse hiéroglyphique,
Resplendit d'or, d'azur, de soleil et d'ibis !

Tu voyais, sous tes pieds, une tribu sauvage,
Deux images de rois dont nul ne sait le nom,
Thèbe, la grande Thèbe ; et, sur l'autre rivage,
Les colosses chanteurs du fabuleux Memnon !

Et te voilà, déchu, dans une cale humide,
Entre des ais de cèdre étroitement pressé !
Et te voilà gisant comme un serpent numide
Par le plomb du Bédouin au désert terrassé !

Imposante leçon, des hommes peu comprise,
Ainsi le Dieu qui tient notre sort en sa main
D'un souffle nous élève et d'un souffle nous brise !
Nos gloires bien souvent n'ont pas de lendemain !

Mais aussi comme nous , à qui la mort révèle
Un monde plus heureux et non pas le néant,
Tu peux te couronner d'une gloire nouvelle ,
Plus brillante peut-être , ô triste et vieux géant !

Trophée indestructible , immortelle colonne ,
Sur qui vient l'infortune étendre son affront ,
Parmi les monumens de notre Babylone ,
Ne dois-tu pas un jour relever ton beau front ?

Ne dois-tu pas t'asseoir entre la grande salle
Tapis vert , dont le peuple et les rois sont l'enjeu ;
Et le bronze où s'appuie , image colossale ,
Celui que ton pays nomma Sultan du Feu ;

Entre l'orgueil pompeux de la royale enceinte ,
L'arc de la grande armée à l'éternel renom ,
Et ce temple nouveau dont la structure sainte
De la profane Athène a feint le Parthénon ?

Ne dois-tu pas t'asseoir dans l'arène historique,
Où, quand pesait sur nous le niveau citoyen,
La mort a dévoré, comme un lion d'Afrique,
Un roi, tant de talens et tant d'hommes de bien ?

Viens, glorieux trophée ; oh ! viens sur cette place
Déployer ton aspect et paisible et serein ;
Oh ! viens, et qu'à jamais ton beau granit remplace
Le trophée égorgeur du peuple-souverain !

Bateau à vapeur de Rouen, 19 septembre 1833.

ERMENONVILLE.

En parcourant ces jardins, on croirait se promener dans les délicieux
paysages du Poussin.   DULAURE.

Vitam impendere vero.
Maxime favorite de J. J.

XX

ERMENONVILLE.

Que je hais ces jardins, où le buis symétrique
Étale sa verdure anguleuse ou sphérique;
Où cordeaux et jalons ont réglé les dessins
des parterres, des bois, des gazons, des bassins;

Mais que j'aime ces parcs à l'immense étendue,
Où chaque œuvre aux regards se montre inattendue,
Où l'art partout se mêle et ne se montre pas,
Où la nature semble empreinte à chaque pas !

Aussi, comme il est doux le parc d'Ermenonville
A mes pieds fatigués du pavé de la ville,
A mes yeux fatigués de ces brillantes nuits
Qui n'ont point apporté de trève à mes ennuis !
Que mon ame se plaît à ces bosquets sauvages,
Où déjà de l'hiver s'effacent les ravages ;
Où les rochers, les ponts, les ruines, les eaux,
Où le parfum des fleurs et le chant des oiseaux,
Où le calme du soir et de la solitude,
Où l'histoire puisée aux sources de l'étude
En des vagues d'oubli plongent mon cœur blessé !
Mais quand de ces beaux lieux j'évoque le passé,
Ici, pour moi, qu'importe un souvenir vulgaire,
Que Sarrède s'y soit reposé de la guerre ;
Qu'importe qu'un marquis du nom de Girardin
Ait, seigneur opulent, habité cet éden ;

Que l'empereur Joseph à ce bel apanage
Ait porté le tribut de son pélerinage !
Pour toute ame qui vibre au bruit d'un grand renom,
Ici, partout l'écho ne répète qu'un nom ;
Ici, pour le poëte à l'ardente pensée,
Comme le peuplier de sa flèche élancée
Domine la pervenche ou le jonc du ruisseau,
Un nom domine tout, et ce nom c'est Rousseau !

C'est là qu'il abrita le déclin d'une vie
Enchaînée aux soupçons, aux chagrins, à l'envie ;
C'est là que, languissant, il appelait la mort
Comme un présent du ciel, comme un tranquille port,
Le terme du combat, l'heure de la victoire,
Comme le seul chemin pour monter à la gloire ;
C'est là qu'en se baignant aux rayons du soleil,
Il se prit à dormir de l'éternel sommeil,
Qu'il eut pour lit de mort cette île solitaire
Dont vivant il aimait le sauvage mystère,
Jusqu'au jour qui le vit, pour un autre tombeau,
Recueillir les honneurs créés pour Mirabeau !

10

O Rousseau, ce tribut d'une nouvelle France
Certes a dépassé ta superbe espérance !
Tu ne t'attendais pas, philosophe orgueilleux,
Que le peuple ferait de toi l'un de ses dieux !
Eh bien, que le troupeau de cette tourbe humaine,
Qui ne pense jamais et que toujours l'on mène,
T'adore sur la foi de bourreaux immortels ;
Moi, je renverserai l'idole et les autels,
Moi, je t'infligerai le fer chaud de mes rimes,
A ton front lumineux j'imprimerai tes crimes,
Et peut-être, du haut de mon saint tribunal,
J'arracherai des cœurs à ton culte infernal !

N'as-tu pas, ô Rousseau, traîné ta plume infâme
Sur le nom de Warens, la belle et jeune femme,
A l'ame généreuse et tendre, dont la main
T'enleva tout poudreux aux bornes du chemin,
Et qui pour toi devint une amante, une mère ?
N'as-tu pas épanché ta calomnie amère
Sur Hume, cet Anglais, ce cœur hospitalier,
Si loyal en t'offrant sa table et son foyer ?

Inventeur de ces lois, paradoxe énergique
Où l'archange déchu t'arme de sa logique,
N'as-tu pas sous tes pieds foulé la sainte croix,
N'as-tu pas déchaîné les peuples sur les rois?
N'as-tu pas, créateur de ce magique livre
Où ta lave d'amour à nos regards se livre,
Infecté les esprits du poison de tes fleurs,
Aux parfums enivrans, aux brillantes couleurs,
De philtres malfaisans mêlé ton ambrosie?
Apôtre de l'enfance un jour par fantaisie,
N'as-tu pas sans pudeur chassé du toit natal
Tes pauvres nouveau-nés butin de l'hôpital?

Senlis, 14 avril 1834.

10*

LE PUY-DE-DOME.

...... to me
High mountains are a feeling.
BYRON.

Imaginez la variété, la grandeur
la beauté de mille étonnans spec-
tacles. J.-J. ROUSSEAU.

Il se brise le prisme qui faisait
disparaître la pâleur de la vie sous
une teinte rose. SCHILLER.

XXI

LE PUY-DE-DOME.

Il est rude à gravir ce gigantesque mont,
Vert et rayé de blanc, qui plane sur Clermont,
Et qui semble de loin à l'œil qui le contemple
Un riche bonnet grec, ou le dôme d'un temple !

Mais aussitôt qu'on touche à son sommet altier,
On ne se souvient plus du rapide sentier
Des flots de pouzzolane ou de la pierre lisse,
Ni des masses de neige où le pied fond et glisse ;
Car on a devant soi de grands volcans éteints ;
Les hauts monts du Forez et neigeux et lointains ;
Le Mont-d'Or, ce géant, cette hydre aux têtes blanches,
D'où s'échappent parfois de lourdes avalanches ;
Ces croix de lave noire où s'assied l'indigent ;
Pont-Gibaud, son châtel et ses filons d'argent ;
Clermont avec ses murs noirs et vêtus de lierre ;
Saint-Allyre dont l'eau métamorphose en pierre ;
Channonat, doux séjour que Delille a chanté,
Et dont le souvenir ne l'a jamais quitté ;
L'étang, la tour mauresque et les champs de la Dore,
Gravés dans tous les cœurs par le chantre d'Eudore ;
Royat et ses prés verts, ses ruisseaux étagés,
Ses greniers de César par le temps ravagés,
Son église autrefois temple d'un dieu de Rome,
Et ses arbres blanchis de fleurs au doux arôme ;

Les détours de l'Allier limpide et sablonneux,
L'Ida, tombeau d'un saint, lac triste et limoneux ;
Fontanat, ses moulins, ses sources, ses cascades ;
Morday, son vieux donjon, ses croulantes arcades ;
Thiers élevant au pied de rochers hauts et gris
Et ses blanches maisons et ses côteaux fleuris ;
Et tous ces monts autour de la grande montagne,
Comme les douze pairs autour de Charlemagne !

Oh ! lorsque je n'entends de ce pic orgueilleux
Qu'un aigle épouvanté qui s'enfuit dans les cieux,
Pourquoi ne puis-je là, poëte solitaire,
Loin des frivolités et des bruits de la terre,
Les yeux sur ce tableau vaste et nouveau pour moi,
Me livrer sans mesure à mon profond émoi !
C'est qu'il est en mon cœur une ardente pensée,
Vers un coin de Paris sans relâche élancée,
Qui me tient palpitant comme le pauvre oiseau,
Aux serres du vautour, aux mailles du réseau !

C'est qu'il est en mon cœur un amour qu'on isole,
Qu'on sèvre sans pitié de phare et de boussole,
Et qui domine tout en moi, comme le Puy
Domine tous les monts rangés autour de lui !

20 avril 1834.

VAUCLUSE.

Ne giammai vidi valle aver si spessi
Luoghi da respirar riposti e fidi.
PÉTRARQUE.

Fies nobilium tu quoque fontium
Me dicente cavis impositam ilicem
Saxis, undè loquaces
Lymphæ desiliunt tuæ.
HORAT.

XXII

VAUCLUSE.

———

O Vaucluse! Vaucluse! aucun lieu de la terre
Ne me fut aussi doux que ce val solitaire,
Encadré d'oliviers et de monts bleus et gris,
Où s'épanche la Sorgue à l'onde claire et verte,
A la couche de berle et de mousse couverte,
    Et que domine un vieux débris !

Rien pour moi n'eut la voix de ce val, qui commence
Par une source d'eau bleuâtre, au gouffre immense,
S'alongeant sous les pieds d'un énorme rocher,
Et finit par un pont, par la blanche colonne
Dressée au chantre ardent de Laure et des Colonne
  Et le triangle d'un clocher !

Là, tout, l'air embaumé, la montagne hautaine,
La colonne, le pont, l'église, la fontaine,
Le gazon, les rochers, les débris de la tour,
Les bois, les arbrisseaux, les fleurs venant d'éclore,
Tout me disait les noms de Pétrarque et de Laure,
  Tout me parlait de leur amour !

C'est là qu'un jour Pétrarque, à travers les prairies,
Égarait de son cœur les fraîches rêveries,
Qu'il vit Laure cueillant les mauves du vallon,
Et s'enfuir aussitôt de pudeur couronnée,

Comme Daphné la belle, aux rives du Pénée,

    Fuyant les baisers d'Apollon !

C'est là qu'il la revit moins fière, moins sauvage,

Assise avec ses sœurs au gazon du rivage,

Ourdissant un réseau qui tremblait sous sa main,

Que de ses noirs chagrins l'espoir rompit le voile,

Et dans tout son éclat lui découvrit l'étoile,

    Guide éternel de son chemin !

C'est là qu'il transplanta l'oranger de Florence,

Là qu'il accoutumait au sol de la Durance,

Qu'il consolait de cieux et plus doux et plus beaux,

Cet oranger pour lui trésor emblématique,

Cet oranger blason de la maison antique

    De la blonde Laure des Baux !

C'est là qu'après des jours d'une souffrance amère,

Des jours où l'avenir se dissipe en chimère,

Des jours où l'on se prend à désirer la mort,
Où l'on n'a pour clartés que les feux de l'orage,
Son vaisseau ballotté de mirage en mirage
        Vint enfin à toucher le port ;

Là qu'aux yeux bleus de Laure avivant son génie,
Au chemin de Virgile épanchant l'harmonie,
Pétrarque préparait ce triomphe si beau
Cette couronne d'or que le chantre sublime
D'Argant, de Godefroi, d'Armide et de Solyme,
        Ne conquit que pour son tombeau !

C'est là qu'aux jours de deuil où l'astre du poëte,
Où le flambeau divin de sa douce retraite
S'éteignit sans retour pour remonter à Dieu,
Parmi des chênes verts, au granit d'une tombe,
L'exilé de l'Arno déposa sa colombe
        Avec un immortel adieu ;

Là que, l'ame de pleurs et de regrets nourrie,

Aux arides rochers, à la fraîche prairie,
A l'onde d'émeraude, aux bois mystérieux,
Pétrarque demandait, sauvage et solitaire,
Celle qui, s'envolant du séjour de la terre,
    Emporta son cœur dans les cieux !

Avignon, 28 avril 1834.

HIÈRES.

It is a goodly sight to see
What heaven hath done for this delicious land.

BYRON.

O patria!

TANCREDI.

XXIII

11*

HIÈRES.

Non loin de ces grands rocs, de ces montagnes nues,
Dont les sommets parfois s'abritent dans les nues,
Qui dominent la ville et le port de Toulon,
Il est une oasis, un frais et beau vallon

Bordé par la mer bleue et de vertes collines,
Par des bois d'oliviers et de blanches salines,
Et par les noires tours d'un antique château
Qui s'efface !... C'est là qu'au penchant du côteau,
Avec sa vieille nef à forme bizantine,
Où pria saint Louis venant de Palestine,
Une autre où, quand les dieux s'exilèrent vaincus,
La croix a remplacé le thyrse de Bacchus,
Est posée une ville et montueuse et grise,
Où naquit Massillon le cygne de l'Eglise,
Cygne dont les accens féconds, harmonieux,
Jetaient au cœur des rois la parole des cieux !
C'est là qu'en des jardins dont Marie est patrone,
Dont les hivers jamais n'effeuillent la couronne,
Et de fleurs et de fruits les orangers couverts
Etalent à l'envi leurs bosquets blancs et verts !
C'est là que l'on s'éveille aux chants de la cigale ;
Là que Bulbul, épris des roses du Bengale,
Sous un ciel d'Italie, un ciel toujours riant,
Réalise pour nous la fable d'Orient !
C'est là que, comme aux champs de Thèbe ou de Palmyre,
Auprès de l'aloës, de l'arbre de la myrrhe,

Le palmier, oublieux de son pays natal,
Déroule comme un paon son carquois végétal !
C'est là que l'ame veuve, orpheline, incomprise,
Vient demander au ciel, à la mer, à la brise,
Aux ruines, aux bois, aux champs, aux prés, aux fleurs,
Aux monts, au rossignol, d'endormir ses douleurs !
C'est là que l'étranger, que la santé délaisse,
Vient aux baisers du jour retremper sa faiblesse ;
Là que le fils du Nord, qui va dépérissant,
Vient reposer un front et pâle et languissant ;
C'est dans ce paradis de notre belle France
Qu'il ressaisit la vie ou du moins l'espérance !

Oh ! tout cela c'est doux ! c'est un fleuve d'accens
Qui troublent à la fois et le cœur et les sens !
On dirait qu'une jeune et belle enchanteresse
A, d'un regard d'amour, dans un moment d'ivresse,
Créé de tout cela l'ensemble merveilleux !
Oh ! j'aime tout cela ! mais combien j'aime mieux
Ma vieille Normandie aux riches pâturages,
Nos immenses forêts aux vigoureux ombrages,

Notre grande vallée où de ses belles eaux
La Risle encadre prés et moulins et roseaux ;
Nos aspects du grand fleuve aux falaises lointaines ;
Nos bruyères ; l'azur de nos claires fontaines ;
Nos océans de blé ; nos pommiers opulens
Que le souffle d'avril peint et roses et blancs,
Comme la jeune fille, à la fois simple et vive,
Au banquet du Seigneur portant, fraîche convive,
Un cœur naïf, un cœur qu'elle n'a point donné !
Oh ! combien j'aime mieux la terre où je suis né !

Hières, 3 mai 1834.

LES
ARÈNES DE NISMES.

Quæ molitio, quæ ferramenta, qui vectes,
qui ministri tanti operis fuerunt?

Cicéron.

Thy glorious day is o'er !

Byron.

XXIV

LES ARÈNES DE NISMES.

Sur sa rivière bleue aux paisibles rivages,
Au milieu de ses monts arides et sauvages,
De ses masses de roc et de sable doré,
En son vallon de bois et de fleurs diapré,

J'ai vu le pont du Gard, cette œuvre magnifique,
Ce trophée immortel de Rome pacifique :
J'ai heurté de mon pied le front du monument
Et ses trois rangs d'arceaux de pierres sans ciment ;
Mes yeux ont admiré cet imposant ouvrage
Qui semble dire au temps : Je ris de ton outrage.
Mais je n'ai point ouï de poétiques voix,
Et je n'ai point crié comme le Genevois,
Comme le créateur de l'ardente Julie,
Épris de cet enfant de la vieille Italie,
Où son respect à peine osait suivre un chemin :
Oh ! pourquoi n'ai-je pu naître et mourir Romain !

Mais lorsqu'aussi j'ai vu ce roi des édifices,
Cet antique témoin des fêtes-sacrifices,
Ses voûtes, ses grands arcs mutilés ou noircis,
Ses larges escaliers ; que je me suis assis,
Par une nuit de mai, par une nuit d'Attique,
Tout seul, vers le milieu de la courbe elliptique,
Sur un de ses gradins ravagés par le temps,
Où se pressaient jadis trente mille assistans ;

Puissant magicien, du feu de ma pensée
Au cirque je rendais sa grandeur éclipsée,
Je lui rendais son front bruyant et radieux,
Et je voyais passer, repasser sous mes yeux
Ces drames chauds et vrais, à l'action rapide,
Qui, mieux que les accens d'Eschyle ou d'Euripide,
Retournaient dans le cœur d'émotions noyé
Les grands leviers de l'ame et terreur et pitié !
J'entendais le murmure et les cris de l'attente ;
J'entendais retentir la trompette éclatante ;
Des barrières d'airain frémir les gonds géans ;
Et la foule applaudir ! De leurs antres béans
Je voyais les lions, les tigres, les panthères,
Comme ces flots brûlans vomis par les cratères,
S'élancer, et courir, écumant de fureur,
Sur des hommes criant : Salut à l'Empereur !
Je voyais le Gaulois, le Germain, ou le Dace,
Le front haut, rayonnant et de force et d'audace,
S'avancer et livrer un combat incertain
Aux monstres ennemis demandant leur festin ;
Tantôt sortir vainqueur de la lutte inhumaine,
Et tantôt abreuvé de l'insulte romaine,

Vaincu, désespéré, mourir en maudissant
Les conquêtes de Rome et ses jeux teints de sang !
Je voyais le chrétien, dédaigneux de combattre,
Attendre le trépas qui seul pouvait abattre
Le courage divin qui brillait dans ses yeux,
Expirer en jetant des hymnes vers les cieux ;
Puis la vierge des champs de Grèce ou d'Illyrie,
Belle comme Vénus, pure comme Marie,
Le front resplendissant de l'esprit du Seigneur,
Les yeux étincelans de joie et de bonheur,
Sous les ongles, les dents, les cailloux et le sable,
Rêvant de jours sans fin l'ivresse impérissable,
Et cherchant à voiler sous d'impuissans lambeaux,
Ses membres déchirés et promis aux corbeaux !

Et devant ces tableaux, fantômes de l'histoire,
Que de la nuit des temps évoquait ma mémoire,
Qui du monde vivant isolaient mes esprits,
Je sentais à grands coups battre mon cœur surpris ;
Je pleurais, palpitant d'un délire extatique,
Quand au charme enivrant de ce jeu fantastique

Un bruit vint arracher et mon ame et mes sens !
C'était, sous moi, le bruit de chevaux hennissans !
J'appris le lendemain que le vainqueur du Tage,
Celui qui de Jean-Six convoita l'héritage,
Dont le lac de Zurich a retenu le nom,
Dont Toulouse entendit le glorieux canon,
Dont le sabre maintient Philippe aux Tuileries,
Avait osé changer le cirque en écuries !

Canal de Languedoc, 16 mai 1834.

LE
CHATEAU DE PAU.

Le souvenir du *roi de bonheur* fait la gloire de ce délicieux pays.   GENOUDE.

Quoniam tu, Domine , singulariter in spe constituisti me.   DAVID. psalm. 4.

XXV

LE CHATEAU DE PAU.

Aujourd'hui que mon cœur a fini son doux songe,
Qu'il a de l'espérance épuisé le mensonge,
Alors que je n'attends plus rien de l'avenir,
C'est un besoin pour moi de jeter mes pensées
    Au milieu des choses passées,
Et d'appeler à moi les voix du souvenir.

12*

Aussi, je vais cherchant ces châteaux aux tours grises,
Ces donjons crénelés, ces gothiques églises,
Ces cloîtres, ces moutiers sombres, mystérieux,
Et ces vieilles forêts au noir et vaste ombrage,
    Indiscrets témoins d'un autre âge,
Qui racontent les temps où vivaient nos aïeux.

Et devant ces jalons de notre ancienne histoire,
Qui rayonnent d'amour, de malheur et de gloire,
Mes pleurs coulent, mon cœur s'agite, je renais ;
Mais peut-être aucun lieu jamais ne l'a fait battre
    Comme le berceau d'Henri-Quatre,
Comme les vieilles tours du château béarnais !

C'est qu'au loin je voyais les hautes Pyrénées,
De cascades, de pins, de neiges sillonnées,
Posant sur un ciel bleu leur front pâle et changeant,
Et le pic du Midi, géant de ces montagnes,
    Levant au-dessus des Espagnes
Ses deux cornes de chèvre et son casque d'argent !

C'est que j'étais assis sous cette verte allée
Qui domine le Gave et sa belle vallée,
Qu'à mes yeux Jurançon déroulait son côteau,
Que tandis qu'aux vallons la nuit jetait son voile,
    Que le ciel n'avait qu'une étoile,
Les derniers feux du jour doraient le vieux château !

C'est qu'il me semblait voir, en ce royal domaine,
L'héroïque d'Albret, cette ame surhumaine,
De Compiègne accourue, ange de mission,
Chantant, de sa promesse impérieuse esclave,
    Une chanson des bords du Gave ;
Et la brebis donner la naissance au lion !

C'est qu'il m'y semblait voir le vieux roi de Navarre,
Joyeux, sur son trésor jetant un œil avare,
Dans sa robe emporter le royal nourrisson,
Et sur cette innocente et frêle créature
    Plaçant sa vengeance future,
La baptiser au cœur de vin de Jurançon !

C'est qu'il m'y semblait voir la pompe catholique
Du jeune Henri marqué de l'onde évangélique;
C'est qu'il m'y semblait voir cet enfant nouveau-né
En sa première couche, écaille de tortue
        Et de soie et d'or revêtue,
Confiant au sommeil son front prédestiné !

C'est qu'il m'y semblait voir loin de la cour de France,
Des piéges, des stylets, des poisons de Florence,
Grandir, à la clarté du flambeau maternel,
Celui qui mit un frein à nos guerres civiles,
        Chassa l'Espagnol de nos villes
Et s'ouvrit dans les cœurs un renom éternel !

Et puis je ne pouvais séparer d'Henri-Quatre
Grandissant pour régner, pour plaire, pour combattre,
Henri, ce bel enfant, cet héritier des rois,
Ce dernier rejeton du sage de Vincenne,
        Qui loin des rives de la Seine
Mûrit, pauvre exilé, sa pensée et ses droits ;

Lui que peut-être aussi le roi des rois destine

A tarir le levain de la guerre intestine,

A couler d'heureux jours par la France bénis,

A prendre un de ces noms que la gloire fleuronne,

    A n'abandonner la couronne

Que pour se reposer aux murs de Saint-Denis !

                          20 mai 1834.

LA FORÊT

BROCÉLIANDE.

> Ce bruissement des prairies, ce gazouillement des bois ont des charmes que je préfère aux plus brillans accords ; mon ame s'y abandonne.
>
> BERNARDIN DE SAINT-PIERRE.

> A chaque pas dans cette forêt, si chère aux preux et aux amans, se découvre le monument de quelque touchante histoire, le témoin de quelque événement merveilleux.
>
> MARCHANGY.

XXVI

LA FORÊT BROCÉLIANDE.

———•◦•◦•———

Moi, dont l'ame se prend au charme des forêts,
Je voudrais voir surtout, oui surtout j'aimerais
Ces immenses forêts de la chaude Guyane,
Où le vanilier d'or et la pomme liane

Se courbent en festons, en grottes, en arceaux,
Ou flottent, ponts fleuris, sur de larges ruisseaux,
Parmi les balatas à la fraise embaumée,
Les fromagers semant la soie à leur ramée,
Et les palétuviers, sauvages minarets,
D'un pied capricieux, cherchant l'eau des marais ;
Ces forêts aux grands rocs, aux cascades bruyantes,
Aux prismes voyageurs des trombes foudroyantes ;
Ces forêts, océans de verdure et de fleurs,
Où, rouges bataillons, les grands singes hurleurs,
Non loin de l'arada chantant ses mélodies,
Jettent un bruit semblable aux saintes psalmodies ;
Où la nuit resplendit d'insectes lumineux ;
Où le caïman dresse un casque limoneux ;
Où sur le bord des eaux l'aigrette se pavane ;
Où le rose flammant s'ébat dans la savane ;
Où, baignés de soleil, papillons, colibris,
Réfléchissent l'éclat de l'écharpe d'Iris,
S'habillent de saphirs, de rubis, d'émeraudes ;
Où le boa siffleur promène ses maraudes ;
Où le tigre fend l'air de son rugissement ;
Nature, où tout est vie, amour, enchantement,

Nature, où tout respire et grandeur et puissance,
Nature, que m'a peinte en sa magnificence
Cet ami qui naguère avec moi voyageait,
Qui, parcourant la France avec moi, partageait
Ces transports inconnus, ces émotions neuves
Qui naissent des débris, des grands monts, des grands fleuves,
Ce frère de projets, de goûts et de penchans,
Harmonieux écho de mon cœur, de mes chants,
De jours à souvenirs compagnon éphémère,
Qui, fuyant aujourd'hui ses amis et sa mère,
Sur l'abîme profond, parmi les flots mouvans,
Revole au Nouveau-Monde, emporté par les vents.

Mais aussi qu'il m'est doux à moi dont la férie
Féconda quelquefois la vague rêverie,
Qui dans nos vieux récits trouve un puissant attrait,
De me jeter au fond de l'antique forêt
Où serpente du Goy la course vagabonde,
Où plus qu'en aucun lieu le merveilleux abonde,

Dont mon esprit sondant le passé ténébreux,
Se plaît à recréer les miracles nombreux.

Là surgit à mes yeux ce donjon de mystère
Où vivait au vieux temps, captive et solitaire,
Une jeune beauté que l'art des nécromans
Gardait sous le pouvoir de ses enchantemens,
Vierge, que nourrissaient deux blanches tourterelles,
Se posant le matin aux créneaux des tourelles,
Pareilles aux corbeaux mus par un saint esprit,
Qui servaient le prophète au désert de Carith ;
Je la vois cette enfant du soleil ennemie,
Tant que dure le jour, reposer endormie,
A l'ombre, sur un lit de fleurs et de gazon,
Et le soir, pour charmer l'ennui de sa prison,
Livrer aux flots errans des brises bocagères
L'onde de ses cheveux, de ses gazes légères,
Et son chant aussi doux que le souffle embaumé
De l'être que l'on aime et dont on est aimé ;
Son chant si merveilleux, si magique, si tendre,
Que les oiseaux des bois se taisaient pour l'entendre !

Ici paisible dort l'azur de Barenton,
Source au lit sablonneux, source dont l'eau, dit-on,
Aux temps miraculeux sur la terre épandue
Par une coupe au tronc d'un saule suspendue,
Faisait jaillir, au sein de nuages brûlans,
Des larves, des démons et des fantômes blancs !

Là, d'antiques débris, vêtus de mousse et d'herbe,
Ressuscitent pour moi la demeure superbe,
Ce palais éclatant d'armes, de boucliers,
D'or, de pourpre, où, parmi de nombreux chevaliers,
Arthur tenait sa cour en prodiges féconde,
Cette cour si célèbre, et d'où la Table-Ronde
Jetait aux grands chemins, aux bois, aux carrousels,
Aux manoirs, aux châteaux, ces preux, ces damoisels,
Ces modèles d'honneur, d'amour et de vaillance,
Dont les galans exploits et les grands coups de lance
Ont de leur souvenir touché la lyre d'or
Du chantre de Roland, d'Alcine et de Médor !
Ici, renaît l'enceinte à magique structure,
Où Viviane un jour, triste de l'aventure,

Essayant sur Merlin un mystère savant,
Ainsi qu'en un tombeau le renferma vivant !

Voilà le labyrinthe aux profondes allées,
Où neuf vierges, jadis par la guerre exilées,
Au milieu de jardins, d'ombrages odorans,
Trouvèrent un abri pour leurs destins errans,
Et pour ces grands secrets, ce pouvoir fantastique
Qui plaçaient en leurs mains le sort du monde antique !

Je vois un rocher noir, un rocher de granit,
Où l'épervier breton se cache avec son nid ;
Comme autrefois ce roc de lettres s'échelonne,
Il me parle, il me dit que Thomas d'Ercelonne
Un beau soir, égaré par un baiser d'amour,
Sur le dos d'un cerf blanc, courut vers le séjour
Des prêtresses de Sayne, où sept ans l'uné d'elles
L'enivra de transports et d'extases fidèles !

Ainsi, barde écossais, tu fus heureux sept ans ;

Et quand si vite ont fui les jours de mon printemps,

Quand déjà mon été s'envole aussi rapide

Que l'eau de la cascade écumeuse et limpide,

Que le chevreuil devant la meute et le piqueur ;

Barde, peut-être aussi, moi qui sens battre un cœur,

Lampe ardente en mon sein nuit et jour allumée,

J'ai cherché le bonheur !... ombre !... rêve !... fumée !...

                              12 août 1834.

SAINT-GERMAIN.

Civitatem sublimem humiliabit.
ISAÏE.

Sacra domus.
VIRGIL.

Dieu se plaît à nous faire soupirer
après cette patrie immortelle où rien
ne manquera plus à notre bonheur.
MASSILLON.

XXVII

13*

SAINT-GERMAIN.

Saint-Germain, vieux témoin de fêtes magnifiques,
De ces chasses des rois conquêtes pacifiques,
Saint-Germain, autrefois si splendide, si beau,
N'est plus qu'un grand désert morne comme un tombeau;

Mais que de souvenirs cette ville rappelle !

Là sont les murs croulans d'une vieille chapelle,
Monument de Robert, ce roi pieux, humain,
Que foudroya pourtant l'anathême romain ;
Ici, cette forêt aux si longues allées,
Aux nombreux carrefours, aux riantes vallées,
Aux ombrages rêveurs, aux souffles bienfaisans,
Labyrinthe peuplé de cerfs et de faisans,
Où s'éleva jadis un vaste monastère,
Doté par une reine, école solitaire,
Qu'aux filles des guerriers ouvrit le conquérant !

Là, c'est le vieux château tout en briques, si grand,
Aux cinq lourds pavillons, à l'obscure origine,
Ceint de fossés, tombeau du vainqueur de Bovine,
De l'empereur Baudoin séjour hospitalier,
Où l'hymen enchaîna notre Roi-Chevalier,
Où le grand Roi naquit, où, las de la tempête,
Le proscrit Jacques-Deux vint reposer sa tête ;

Ici la belle grotte au merveilleux pavé,
Reste du château neuf par Marchand élevé,
A Gabrielle offert par le roi populaire,
Ce roi qui sut si bien régner, combattre et plaire,
De ce château que, prêt à rendre compte à Dieu,
Louis-Treize marqua d'un historique adieu.

Mais à mes yeux surtout cette ville s'honore
D'une simple maison que le vulgaire ignore,
Maison indifférente aux cœurs secs, et que moi
Je ne puis regarder sans un profond émoi ;
Car c'est là que, modeste en sa haute fortune,
Repoussant des atours la richesse importune,
Des pompes du château dédaignant la splendeur,
La Vallière, si tendre avec tant de pudeur,
N'aimant que l'homme seul, savourait le mystère
D'un amour partagé seul charme de la terre !
C'est là, dans ce séjour par Louis déserté
Qu'aux jours où Montespan l'orgueilleuse beauté,
Par ses fougueux transports et par son artifice,
D'un bonheur de dix ans ruinait l'édifice,

La pauvre délaissée, un soir, parmi les fleurs,

Fondait son ame ardente en un ruisseau de pleurs ;

Là, que pour s'arracher à sa douleur immense,

Elle songeait au Dieu d'amour et de clémence,

Qui pour le repentir a toujours un pardon,

Et ne laisse jamais qui l'aime à l'abandon !

Paris, 20 août 1834.

LE CIRQUE
DE MARBORÉ.

> To sit on rocks , to muse o'er flood and fell,
> Where things own not man's dominion dwell,
> And mortal foot hath ne'er or rarely been;
> Alone o'er steps and foaming falls to lean,
> This is not solitude.   BYRON.

Les années pourront s'écouler sans affaiblir en moi
le souvenir du spectacle magique et imposant qui s'of-
frit à mes yeux lorsque j'entrai dans cette enceinte,
qui fut, je crois, créée pour former un temple où la
nature entière peut venir adorer l'Eternel.

LA DUCHESSE D'ABRANTÈS.

Adonaï domine, magnus es tu!
JUDITH.

XXVIII

LE CIRQUE DE MARBORÉ.

Architectes romains, créateurs poétiques
Des ponts, des aqueducs, des arènes antiques
Prosternez votre front de palmes décoré :
Il est un monument qui ne vient pas de l'homme,

Et qui laisse bien loin les ouvrages de Rome,
        C'est le cirque de Marboré !

C'est ce cirque voisin d'une église isolée,
Par un quartier de roc naguère mutilée,
Gardant comme un trésor auprès d'humbles piliers,
Sous les verroux poudreux d'une armoire gothique,
Huit crânes décharnés, souvenir authentique
        Du supplice des templiers ;

Ce cirque dominé par la brèche escarpée
Que le roi de nos preux ouvrit de son épée,
Vieux mont ceint de glaciers, au diadême blanc,
Qui retentit encor du nom de Charlemagne ;
Vieux géant qui se dresse au-dessus de l'Espagne,
        Paré du grand nom de Roland ;

Ce cirque où l'on parvient par une route ardue,
Sur l'abîme profond des Gaves suspendue,

Qui serpente parmi des masses de rocher,
Où la trombe souvent mugit et se déchaîne,
Si peu large parfois que deux mulets à peine
      Y passeraient sans se toucher ;

Ce cirque qui s'étale au bout d'une vallée
De limpides ruisseaux et de prés verts mêlée,
Enceinte de grands monts, suivie en son contour
Par des bois de pins noirs, solitaire avenue ;
Ce cirque défendu par une roche nue,
      Image d'une vieille tour ;

Ce cirque environné de longues galeries,
Que la neige blanchit de larges draperies,
Au front où ne pourrait monter le Panthéon,
Supportant l'un sur l'autre élevés sur son dôme
Le bronze triomphal de la place Vendôme
      Et le granit des Pharaon ;

Ce cirque né le jour où la terre fut faite,
Traversé de torrens qui tombent de son faîte,

Semé de ponts neigeux battus par les isards,
Où les cailloux des vents attestent la démence,
Et qui renfermerait dans son arène immense
		Dix fois le cirque des Césars!

Parmi tant de grandeur que l'homme est peu de chose!
Comme il se sent petit, lorsque son œil repose
Sur l'ensemble inconnu de cette œuvre de Dieu!
C'est l'insecte perdu dans un monceau d'argile!
C'est l'oiseau dans les airs! c'est le vaisseau fragile,
		A qui la terre a dit adieu!

Mais, devant ce tableau, comme s'agrandit l'ame;
Oh! comme aux battemens de ses ailes de flamme,
La pensée, aigle au vol rapide et solennel,
Echappée aux liens des vanités du monde,
Aux pesantes vapeurs de notre fange immonde,
		S'élance et monte à l'Eternel!

Oui, la pensée alors, cette divine essence,

Contemple le Seigneur dans sa magnificence !

Elle a sa vision comme Jean à Pathmos !

Elle chante, bercée aux vagues du délire,

Une hymne qui n'a pas de notes sur la lyre,

    Une hymne qui n'a pas de mots !

    Château de Lecqueraye, 19 septembre 1834.

LE MONUMENT

DU DUC DE BERRY.

Et sagittas meas complebo in eis..
MOÏSE.

Respect aux monumens !
Murailles du Louvre, 28 Juillet 1830.

Ære perennius.
HORAT.

XXIX

14

LE MONUMENT

DU DUC DE BERRY.

———•••———

Que n'as-tu pas souffert du vandalisme impie
De l'élu de juillet, France, ô pays sacré !
N'a-t-il pas imprimé ses ongles de harpie
Sur le palais des rois vieillard déshonoré?

14*

N'a-t-il pas mutilé son Amboise, domaine
De l'auguste Penthièvre et de François-Premier ;
O Nismes, encombré ton ellipse romaine
De canons, de chevaux, de paille et de fumier ?

N'a-t-il pas dans ce fort qui pour toujours rappelle
L'opprobre du pouvoir et de ses familiers,
Osé chasser le Christ de la vieille chapelle
Pour y donner asile à ses soldats geôliers ?

N'a-t-il pas du proscrit convoité l'apanage,
Chambord, ce grand palais, ces ombrages si beaux,
Où de tant de splendeurs la mémoire surnage,
Pour livrer à l'encan son cadavre en lambeaux ?

N'a-t-il pas menacé de ruines prochaines
Fourvières, sa chapelle et ses abris sacrés ?
N'a-t-il pas infligé la cognée aux vieux chênes
Géans de Chantilly que ma voix a pleurés ?

N'a-t-il pas, le vautour, pour y cacher son aire,
N'a-t-il pas de Vincenne entamé le château?
Eglise du saint Roi, toi que le temps vénère,
Ne tressailles-tu pas aux coups de son marteau?

A ton tour aujourd'hui, chapelle expiatoire!...
Mais lorsque sous nos yeux tu vas tomber aussi,
Il est un monument que je lègue à l'histoire,
Que ne détruira pas Philippe! le voici :

C'était dans notre siècle, en sa vingtième année ;
Par une pluvieuse et sombre matinée
Du mois de février, un vieil ambassadeur,
Qui des rois et de Dieu vénérait la grandeur,
Se rendait à l'église en traversant le Louvre ;
Voilà qu'en cheminant tout-à-coup il découvre,
En un coin du palais alors inhabité,
A travers les vitraux, une étrange clarté ;

Puis, tout auprès, il est salué par les armes
De deux gardes-du-corps aux yeux mouillés de larmes ;
Et le noble vieillard, que tout cela surprend,
S'approche de la porte ; il s'informe, il apprend
Qu'un prince jeune, à l'ame et guerrière et loyale,
Berry, dernier espoir de la tige royale,
Est mort assassiné, puis qu'il est là tout seul,
Couché sur une estrade, attendant un linceul.
Et le vieillard, couvert d'une sueur glacée,
Entre d'un pas tremblant et la tête baissée ;
Il s'avance, et d'abord, debout, sans mouvement,
D'un visage où se peint un morne abattement,
Il contemple des traits qu'il ne peut méconnaître,
Et va s'agenouiller au pied d'une fenêtre.

Soudain la porte s'ouvre à deux hommes ; tous deux,
Couverts de longs manteaux, se parlent bas ; l'un d'eux
A la taille élégante, une démarche aisée,
Une figure jeune, agréable et rusée ;
L'autre a le front étroit, de larges favoris,
La face d'un cocher et porte un chapeau gris ;

Ils entrent, marchent droit à la funèbre couche ;

Près du corps, chacun d'eux le regarde, le touche ;

Et le vieillard doutant ou s'il veille ou s'il dort,

Entend l'un d'eux qui dit à l'autre : Il est bien mort !

Paris, 28 octobre 1834.

LE CARROUSEL.

Rien n'est stable dans cette demeure terrestre.
ABOULBÉCA-SALEH.

They pass like spirits of the past, they speak
Like sibyls of the future.   BYRON.

XXX

LE CARROUSEL.

Par une sombre nuit, moi, que le monde lasse,
J'errais au Carrousel, tout seul, sur cette place
Où chaque jour le fer des pioches, des marteaux,
Nivelle l'intervalle entre les deux châteaux ;

Des masses de clarté doraient les Tuileries,
Où, parmi les parfums, les fleurs, les pierreries,
S'agitaient à l'envi les évolutions
Des danses, des amours et des ambitions ;
Où le représentant de notre nouvelle ère,
Monarque improvisé par le vent populaire,
Caressait de la voix, du geste et du regard,
Les soutiens patentés de son trône bâtard ;
Et l'œil sur le château brillant et solitaire :
Depuis les derniers ans du siècle de Voltaire,
Me disais-je, depuis que j'ai ma place au jour,
Au milieu des splendeurs de ce vaste séjour,
Qui tremble maintenant sous le bruit d'une fête,
Que d'hôtes différens ont reposé leur tête,
Et que de fêtes, sœurs de celle que voilà,
Comme des visions ont aussi passé là !

Puis, regardant le Louvre, au gré de ma pensée
Fantastique miroir de sa gloire passée,
Mêlant les jours anciens avec les jours nouveaux,
Je voyais tous les arts concourant aux travaux

Dont Lescot dessina la savante harmonie ;

Jean Goujon sillonnant du feu de son génie

Corniches et lambris, pilastres et frontons,

Sur la pierre semant figures et festons ;

Sarrazin sur le cœur du royal édifice

D'un ciseau grandiose imprimant le caprice ;

Et celui que Boileau tacha de son venin,

Claude Perrault vainqueur du cavalier Bernin

Que Louis à sa cour manda par ambassade,

Inventant du palais l'opulente façade !-

Je voyais d'Epernon ramenant au château

Henri-Quatre tombé sous le mortel couteau,

Et le peuple éperdu pleurant le roi de France

Comme un homme qui perd tout bien, toute espérance !

Je voyais la Vénus, le saint Pierre mourant,

La vierge, l'Apollon, Dieu se transfigurant,

Arriver sur les chars des triomphes antiques,

Escortés de lions, de chants patriotiques,

Et les portes s'ouvrir à ce trésor des arts

Par nos armes conquis au pays des Césars !.

Et passant tout-à-coup des palais aux décombres,
Aux pavés dont la fête illuminait les ombres,
Je me disais, sondant l'avenir incertain,
Me recueillant pour lire au livre du destin :
Quel est le sort que Dieu réserve à cette place?
Quel monument ici viendra prendre sa place?
Quel génie à cette œuvre imposera sa main?
Verrai-je là surgir du grec ou du romain,
Une colonne, un temple, un marbre expiatoire?
Sera-ce un monument de paix ou de victoire,
L'œuvre d'un roi pieux, l'œuvre d'un conquérant?...
Mais comme je flottais ainsi, l'esprit errant
De pensée en pensée, assis sur une pierre,
Le sommeil par degrés abaissa ma paupière.

D'abord, je vois un lac et de boue et de sang
Dont les flots orageux roulent en mugissant,
Cernés de bleus, de blancs et de rouges nuages ;
Où louvoie un grand char enlacé de rouages,
Sans chevaux, et monté par des démons hideux,
Qui sur des monceaux d'or ballottés autour d'eux

Jettent leurs mains de fer et leurs gueules avides,
Et qui de leur butin chargent des bières vides !
Mais l'orage redouble ! Au-devant des démons
Se soulèvent des flots, infranchissables monts ;
Et, tombant d'un nuage éclairé d'un feu sombre,
La foudre avec fracas brise le char qui sombre !

Puis le ciel aussi beau qu'un ciel napolitain
Resplendit empourpré des rayons du matin ;
Le lac calmé n'est plus qu'un diamant limpide,
Où passe un autre char lumineux et rapide,
Vers un trône emporté par des dragons volans,
Monté par un bel ange, aux habits longs et blancs,
Aux traits où la noblesse à la candeur s'allie,
Comme le jeune prince échappé d'Athalie !
Des femmes, des enfans courent, jetant des fleurs ;
Des vieillards dont la joue est humide de pleurs,
En tournant vers le ciel un regard extatique,
De Siméon joyeux chantent le saint cantique ;
Des prêtres sèment l'air de nuages d'encens ;
Et tout un peuple en chœur répète les accens

Que les Hébreux, échos de la voix de Moïse,
Répétaient en marchant à la terre promise !
Puis soudain se déchaîne une trombe de vent
Qui chasse les vapeurs comme un rideau mouvant ;
Un temple magnifique aussitôt se décèle ;
Sur son dôme alongé la croix d'or étincelle ;
Et sur l'autel de marbre, où plane radieux
Un roi portant au front l'auréole des cieux,
L'oiseau de Jéhovah, la colombe biblique
Dépose avec son vol le rameau symbolique !

UNE

NUIT DE BABYLONE,

Belshazzar's grave is made,
  His kingdom pass'd away,
He in the balance weigh'd
  Is light and worthless clay.
The shroud, his robe of state,
  His canopy, the stone;
The Mede is at his gate
  The Persian on his throne!

BYRON.

Intelligite hæc qui obliviscimini
Deum.   DAVID. psalm. 49.

15

UNE NUIT DE BABYLONE.

Les temps étaient venus ! Comme il avait jadis
Soufflé le châtiment sur des peuples maudits,
D'insectes dévorans noirci l'Egypte immonde,
Sur l'astre d'Orient, sur la reine du monde

15*

Dieu poussait une mer de soufre et d'étendards,
De chars et de soldats, de coursiers et de dards ;
Et forte de son fleuve aux ondes mugissantes,
Du granit orgueilleux de ses tours menaçantes,
De ses grands murs fleuris ; insensible à l'écho
Qui venait à ses pieds murmurer : Jéricho !
Babylone, noyée au délire des fêtes,
Raillait la voix du siége et la voix des prophètes !

Du haut de la splendeur du trône de Bélus,
Balthazar a jeté ses ordres absolus,
Capricieux enfans d'une aveugle démence;
Et les voûtes sans fin de son palais immense
Rayonnent à l'envi de masses de clarté,
Images du soleil aux pompes de l'été ;
Des nuages d'encens, de cinname et de myrrhe,
Sortent de vases d'or, où le regard admire,
Merveilles du ciseau, l'Arabe au pied léger
Refoulé par Bélus au rivage étranger ;

Nemrod chassant le tigre aux vieux monts d'Arménie ;
Sémiramis la grande imposant son génie,
Son prestige éclatant, son pouvoir souverain
Aux ondes, aux forêts, au granit, à l'airain,
Labourant les cités de son char de victoire,
Ou dressant de Ninus la tombe expiatoire ;
Le temple de Sion, la maison du Seigneur
Aux bras du Chaldéen livrant son chaste honneur ;
Et le peuple de Dieu, la nation ingrate
Emmenant ses tribus aux rives de l'Euphrate !

Et parmi les deux rangs de signes constellés
Issus de Denderah, les aigles étalés
Dont l'art a décoré les colonnes des salles,
Les arcades, les murs, les portes colossales ;
Parmi des dieux d'airain, Bel, Nébo, noirs géans
Enlacés de dragons tortueux et béans ;
Parmi des lampes d'or aux jets de vives flammes ;
Au milieu de sa cour, de ses trois mille femmes
Rivales de beauté, l'œil ardent, le sein nu,
Des vins les plus exquis de l'univers connu ,

Le roi, sous une robe et blanche et parfumée,
Chancelant, le front ceint de roses d'Idumée :
« Qu'on apporte à l'instant les vases des Hébreux. »

Et tandis qu'à longs flots des échansons nombréux
Versent le vin profane aux vases des mystères,
Que l'on vide et remplit les coupes, les cratères,
Que se mêle l'orgie au pas lourd, incertain,
Balthazar comble ainsi l'ivresse du festin :

Buvons, buvons ! le vin apporte
Des rêves doux et bienfaisans !
Le vin chasse le froid des ans !
Le vin dans les cieux nous transporte !
Il n'est qu'un Dieu vraiment divin,
Et digne de ferveur profonde !
C'est Bacchus le père du vin !
Oui, c'est Bacchus le roi du monde !

Et la foule avinée et libre de tout frein
Avec dix mille voix répète ce refrain !

    L'ame par le vin enhardie
    S'ouvre mieux à la volupté !
    Au cœur, aux yeux de la beauté,
    Le vin allume l'incendie !
    Il n'est qu'un Dieu vraiment divin,
    Et digne de ferveur profonde !
    C'est Bacchus le père du vin !
    Oui, c'est Bacchus le roi du monde !

Et la foule avinée et libre de tout frein
Avec dix mille voix répète ce refrain !

    Ce n'est point ta conquête insigne,
    Bacchus, qui dressa tes autels !
    Tu dois le culte des mortels
    Aux sucs enchanteurs de la vigne !
    Il n'est qu'un Dieu vraiment divin,

Et digne de ferveur profonde !
C'est Bacchus le père du vin !
Oui, c'est Bacchus le roi du monde !

Et la foule avinée et libre de tout frein
Avec dix mille voix répète ce refrain !

Vous dont l'Asie est tributaire,
Baal, Arimane et Nébo,
Vous êtes les dieux du tombeau,
De sang vous inondez la terre !
Il n'est qu'un Dieu vraiment divin,
Et digne de ferveur profonde !
C'est Bacchus le père du vin !
Oui, c'est Bacchus le roi du monde !

Et la foule avinée et libre de tout frein
Avec dix mille voix répète ce refrain !

Et toi l'émule d'Arimane,

Dieu des Hébreux, Dieu de Sion,
Au désert pour ta nation
Tu n'avais que des flots de manne !
Il n'est qu'un Dieu vraiment divin,
Et digne de ferveur profonde !
C'est Bacchus le père du vin !
Oui, c'est Bacchus le roi du monde !

Et la foule avinée et libre de tout frein
Avec dix mille voix répète ce refrain.

Mais soudain au milieu du fronton qui s'étale
Large et noir, couronnant la porte orientale,
Une main qui s'alonge écrit avec des traits,
Au feu rouge et mouvant : Mane, Thecel, Phares !

Et le roi pâlissant interdit, sans haleine,
Immobile, laissant tomber sa coupe pleine :
« Qu'on aille me chercher les mages, les devins ! »

Et quand ils furent là : « Voyez, hommes divins,
» Dont l'esprit sonde tout, pour qui tout s'interprète!
» Quelqu'un de vous connaît cette langue secrète?
» A qui m'expliquera ces trois mots flamboyans,
» Mon beau manteau de pourpre aux longs plis ondoyans,
» Mon collier double où l'or aux perles se marie,
» Et la troisième place à la cour d'Assyrie! »

Et devant ces trois mots, les mages, les devins
Cherchent leur sens caché, mais leurs efforts sont vains :
Mane, Thecel, Phares sont pour eux un mystère
Sans parole, une langue inconnue à la terre !

Mais tandis que le roi de plus en plus pâlit,
Celle que Balthazar honore de son lit :
« Mon doux seigneur, il est, dans Babylone, un homme
» Révéré par les Juifs, un prophète qu'on nomme
» Daniel, cet Hébreu qui lorsque votre aïeul
» Eut son rêve de l'arbre et des oiseaux, tout seul
» En pénétra l'image obscure et symbolique !

»—Eh bien! reprend le roi, qu'il vienne, qu'il m'explique
»Ces mots mystérieux qui troublent nos plaisirs,
»Qui mêlent la terreur à nos joyeux loisirs;
»Que je sache à la fin ce qu'il faut que j'en pense,
»Et le prophète saint aura la récompense
»Que je viens de promettre! » Et sous un manteau blanc
Daniel vient bientôt et dit au roi tremblant :
«Vos mages, vos devins ne peuvent donc comprendre
»Le sens de ces trois mots! moi, je vais vous l'apprendre;
»Mais écoutez : Il fut glorieux et puissant,
»Nabuchodonosor dont coule en vous le sang ;
»Sa voix pour l'univers était un bruit de foudre ;
»Les peuples de ses pieds venaient baiser la poudre ;
»Pasteur des nations, il avait dans ses mains
»Et la vie et la mort du troupeau des humains ;
»Et lorsque dans son cœur s'éteignit la mémoire
»De celui d'où venaient sa puissance et sa gloire,
»Le Dieu fort et jaloux, comme d'un coup de vent,
»Du faîte des grandeurs le renversa vivant ;
»Comme un front de pourceau courba son front superbe;
»Lui donna l'air pour toit, pour nourriture l'herbe,
»Jusqu'au jour où ce prince aux pieds de son vainqueur,

» Aux pieds du roi des rois, humilia son cœur !

» Et vous que cet exemple eût dû rendre plus sage,

» Vous avez ici-bas marqué votre passage

» Par vos impuretés, par l'oubli criminel

» Où votre cœur a mis le nom de l'Eternel

» Qui dispose de nous, qui toujours nous contemple!

» Votre vin a souillé les vases de son temple;

» Et son doigt a tracé ces trois mots menaçans

» Qui sont votre sentence et dont voici le sens :

» *Mane* vous dit que Dieu mesura vos journées

» Et de vie et de règne aujourd'hui terminées ;

» *Thecel* qu'en sa balance il vient de vous juger,

» Que pour lui votre poids est un poids trop léger;

» Et *Phares* que ce Dieu, celui-là qui m'inspire

» Et m'éclaire, en deux parts divise votre empire !

Et le roi se tordant de colère : Imposteur !

Et le prophète alors de toute sa hauteur :

« Regarde ! à ton salut toute voie est fermée ! »

Et tandis qu'il parlait, Cyrus et son armée,
Instrumens sans pitié d'un pouvoir surhumain,
Apparaissaient, la flamme et le fer à la main!

                              14 novembre 1833.

NOTES.

NOTES.

—

CHANTILLY.

I

Alors que le château des vieux Montmorency.

Pierre d'Orgemont, chancelier de France sous Charles VI, posséda Chantilly, que son petit-fils donna en 1484

16

à son neveu, Guillaume de Montmorency. Les successeurs de Guillaume embellirent considérablement ce château, qui passa dans le domaine de la couronne à la mort du maréchal de Montmorency, décapité à Toulouse à l'âge de trente-sept ans, pour avoir embrassé contre Louis XIII le parti de la mère et du frère du roi.

II

Près de jeunes seigneurs, à la table de pierre.

Cette table de forme circulaire est au milieu de l'étoile des longues avenues de la forêt.

III

Alors que sous les pieds de cette galerie
Où ta gloire, ô Condé, tout entière apparaît.

Cette galerie, que l'on voit encore aujonrd'hui dans le petit château, se compose de douze tableaux peints par Lecomte, sur les dessins de Van-der-Meulen, et représentant les faits d'armes qui illustrèrent le grand Condé.

IV

Parfois salle de bal et de festin, pour hôtes
Avait trois cents chevaux à grands frais rassemblés.

Les bals et repas donnés à Paul Ier par le prince de
Condé eurent lieu dans ces écuries, dont la façade a près
de 100 toises.

V

Hélas! le vieux château, présent de la victoire.

Louis XIII donna en 1633 le duché de Montmorency,
dont Chantilly faisait partie, à la princesse de Condé; mais
il s'était réservé la seigneurie et le château de Chantilly,
dont il se fit un lieu de plaisance. La reine, mère de
Louis XIV, en accorda ensuite la jouissance au prince de
Condé. Mais quelque temps après le jeune roi rentra en
possession de ces biens; et ce ne fut qu'en 1661 qu'il oc-
troya Chantilly en toute propriété au vainqueur de Rocroy.

———

16*

FOURVIÈRES.

VI

Où fumait de Vénus l'encens voluptueux.

Ce temple a fait penser que Fourvières venait de *forum Veneris*. Mais les auteurs les plus graves prétendent que Fourvières dérive de *forum vetus*.

VII

Ce prêtre dont un roi paya les assassins
Et que Rome chrétienne a mis au rang des saints.

Thomas Becket, primat d'Angleterre, poursuivi par la haine de Henri II, s'était réfugié dans les murs de Lyon, ville neutre et soumise alors au chapitre de Saint Jean. On raconte que l'archevêque Guichard et le doyen Olivier, se promenant un jour avec lui sur la place de Saint-Jean, lui montrèrent la nouvelle église qu'ils faisaient construire au sommet de la montagne de Fourvières ; ils lui dirent que leur dessein était de la consacrer sous le titre du premier martyr qui aurait le bonheur de verser son sang pour Jésus-Christ, et que peut-être cette gloire lui était réservée. Quelque temps après, trompé par une paix simulée, il retourna en Angleterre où bientôt il fut assassiné au pied de l'autel de sa cathédrale. Thomas Becket fut canonisé par le pape Alexandre III, et Guichard et Olivier, fidèles à leur promesse, mirent sous son invocation l'église de Fourvières.

VIII

C'est une humble chapelle où s'agenouille et prie
Celui qui se repose en la foi de Marie.

Cette chapelle, que la dévotion des fidèles a rendue fameuse, que le vandalisme de 1793 a respectée, dont l'athéisme n'a jamais demandé que les clefs, est consacrée à la sainte Vierge, que les Lyonnais regardent comme la protectrice de leurs murs et de leurs foyers.

IX

Fourvières maintenant, c'est un pieux asile, etc.

Non loin de la chapelle est *la Providence*, maison où l'on forme gratuitement au travail un grand nombre de jeunes filles. Il y a aussi sur cette montagne sacrée un asile pour les prêtres vieillis dans les travaux de l'apostolat.

LE CHATEAU D'AMBOISE.

X

Choiseul osa vouer à la reconnaissance
Un obélisque fastueux.

Cet obélisque, connu sous le nom de *Pagode*, fut élevé par M. de Choiseul, qui y fit inscrire sur des tables de marbre les noms de toutes les personnes qui l'avaient visité dans son exil de Chanteloup.

XI

Où pend un bois de cerf prodige de nature
Selon des dires encor frais.

Ce bois, que la tradition attribuait encore naguère à un cerf tué par François Ier, est, dit-on aujourd'hui, l'ouvrage d'un prisonnier qui dut sa liberté à ce chef-d'œuvre.

XII

Mais où donc est l'honneur des frontons et des frises ?

Le château d'Amboise vient d'être blanchi et remis à neuf. On a trouvé la salle à manger trop petite ; et pour l'agrandir on a supprimé une galerie extérieure !

CHAMBORD.

XIII

Et naguère à cheval je courais vers Chambord.

Le château de Chambord est à quatre lieues de Blois, sur la rive méridionale de la Loire.

François Ier dépensa des trésors immenses pour la construction de ce palais. Dix-huit cents ouvriers y travaillèrent pendant douze années consécutives. On dit que ce château renferme douze cents vastes appartemens et quatre cents plus petits.

XIV

Il traçait aux vitraux ses doux versicolets.

On lisait encore , il y a quelque vingt ans , sur un des vitraux de l'oratoire, ces deux vers que François Ier traça avec la pointe d'un diamant :

> Souvent femme varie,
> Mal habil qui s'y fie.

XV

Dota l'un des chevaux de son char triomphant.

Napoléon donna Chambord à Berthier sous la condition de faire réparer le château ; et Berthier, loin de suivre les intentions de l'Empereur, fit abattre à son profit une grande quantité de hauts arbres.

—

LE LUXEMBOURG.

XVI

Là, vécut sans regrets le vainqueur de Marsaille, etc.

Catinat vivait en retraite chez les Chartreux, tandis que Villeroi, le héros de l'OEil-de-Bœuf, qui l'avait remplacé dans le commandement de notre armée, se faisait battre par le prince Eugène et Marlborough.

XVII

J'aperçois ton palais et mon regard s'arrête,
Médicis!

Marie de Médicis acquit du duc de Pinci-Luxembourg

son hôtel et ses dépendances pour la somme de quatre-vingt-dix-mille livres ; et, sur l'emplacement de cet hôtel, elle fit construire en 1616 par Jacques Debrosse le palais actuel, imitation du palais Pitti.

———

VUE DE NORMANDIE.

XVIII

Un lac environné de grands bois murmurans, etc.

Ce lac situé au milieu du marais Vernier est connu dans le pays sous le nom de *Grand'Mare*.

XIX

Et, devant moi, c'était une chapelle sainte, etc.

La chapelle de Saint-Léonard.

XX

La cité des Romains avec son long clocher, etc.

Lillebonne, la *Juliobona* des Romains. De nos jours des fouilles y ont été faites; on a trouvé des statues, des médailles à l'effigie de Faustine, un cirque, un amphitéâtre. C'est une mine pour nos archéologues.

—

VINCENNES.

XXI

Mais le donjon aussi, la haute et vieille tour, etc.

Le *donjon* construit par Charles V est entouré de fossés particuliers profonds d'environ quarante pieds et revêtus de pierres de taille; ce revêtement est à pic, et vers le haut il règne une corniche ou plutôt un talus qui saille tellement au-dedans qu'il est impossible de le franchir sans intelligence au dehors. Le haut des fossés est fortifié d'une galerie bordée de meurtrières. Les quatre angles sont flanqués d'une tour qui fait aussi saillie sur le fossé. On arrive dans cette forteresse par deux ponts-levis ; puis on passe trois portes ; celle qui communique au château ne peut s'ouvrir ni en dedans sans secours du dehors, ni en dehors sans secours du dedans. Après avoir passé les trois portes, on trouve une cour au milieu de laquelle est le donjon ; trois portes en ferment encore l'entrée. La forme du donjon est carrée ; il a quatre tours à ses angles et est divisé en cinq étages, auxquels on monte par un escalier en voûte d'une hardiesse étonnante. Chacun des étages, entièrement voûté, est composé d'une grande salle carrée, soutenue au milieu par un énorme pilier, et dans laquelle il y a une immense cheminée. A chacun des quatre coins de cette salle est une prison de treize pieds carrés. A la hauteur du troisième étage est une galerie extérieure en saillie qui règne autour du bâtiment. Le comble du donjon forme une terrasse cintrée, très-curieuse par la coupe des pierres qui la composent. A un des angles de cette terrasse, s'élève à une hauteur considérable une guérite en pierre d'une grande délicatesse. Cette forteresse a été si solidement bâtie, qu'elle ne porte pas encore la moindre marque de vétusté, et le canon du plus gros calibre y ferait difficilement une brèche.

(*Histoire des environs de Paris.*)

XXII

Que d'hommes, écrivains, ministres, ou héros.

Combien ont passé ici d'hommes tombés, hier tout-puissans, aujourd'hui proscrits et captifs! Vendôme, Ornano, Gonzague, Jean de Wert, Jean Casimir, Puylaurens, Beaufort, Chavigny, Retz, Longueville, Conti, Fouquet, le dernier des Stuart, le grand Condé.... et encore un autre Condé, pour qui le jour de délivrance n'est jamais venu!

(Le comte de PEYRONNET.)

XXIII

Mirabeau, c'est donc là, dans ce morne tombeau
Qu'on t'enferma vivant!

Mirabeau y resta depuis 1777 jusqu'en 1780. C'est là

qu'il traduisit Tibulle et les Baisers de Jean Second ; c'est
là qu'il écrivit ses Lettres à Sophie.

—

LE BANC DU NORD.

XXIV

Le Hâvre et ses quais blancs ceints d'un azur humide,
Où mon père, mon père, autrefois obéi,
Maître de Sydney-Smith par le fleuve trahi, etc.

Mon père était commissaire ordonnateur de la marine
au Hâvre, lorsque Sydney-Smith, commandant une station
anglaise à l'embouchure de la Seine, paria, à la suite d'une
orgie, qu'il s'emparerait du navire français *le Renard*,
qui était à l'ancre sous les batteries d'un fort. Sydney-Smith
s'embarque sur *le Vengeur*, corsaire hâvrais que ses chaloupes venaient de capturer, et remonte la Seine au milieu
de la nuit ; mais le vent et la marée, qui d'abord avaient

contrarié son projet, le déjouent bientôt entièrement. Au point du jour les chaloupes, les canots de la station sont mis à la mer pour remorquer *le Vengeur,* qui est reconnu pour être monté par des Anglais. On le signale à mon père, qui donne des ordres, en surveille l'exécution ; et quelques heures après le corsaire et son équipage entrent dans le port du Hâvre. Le peuple, irrité contre Sydney-Smith, qui avait plusieurs fois fait appliquer des chemises soufrées aux navires en construction sur le *Perai,* abusa du droit de la guerre. Il s'ameuta, insulta le commodore, lui jeta de la boue et des pierres, et l'aurait infailliblement massacré, si mon père, s'exposant lui-même au danger, n'en eût garanti le prisonnier et sa suite ; il le conduisit dans son hôtel, le fit monter dans sa voiture et l'accompagna jusqu'à Rouen, d'où Sydney-Smith fut transféré à Paris et renfermé au Temple.

———

CHENONCEAUX.

XXV

Puis, c'est Voltaire au sein d'une foule enivrée.

Lorsque Voltaire fit à Chenonceaux sa visite fastueuse, Rousseau remplissait les humbles fonctions de précepteur près des enfans de madame Dupin, alors propriétaire de ce domaine. Rousseau a chanté sous le nom d'*Allée de Sylvie* une avenue de chênes qui borde le Cher. Il se permit un jour d'adresser à madame Dupin une lettre toute passionnée ; madame Dupin s'en offensa et ne garda Rousseau que parce qu'elle comptait sur sa plume et ses recherches pour un ouvrage où elle voulait établir la prééminence des femmes.

—

L'EGLISE SAINT-DENIS.

XXVI

Et cependant, écho d'une hymne pindarique,
Rivale de l'hyène et du chacal d'Afrique.

La strophe suivante termine une ode du poëte
Lebrun :

Purgeons le sol des patriotes

Par des rois encore infecté ;

La terre de la liberté

Rejette les os des despotes !

De ces monstres divinisés

Que tous les cercueils soient brisés !

Que leur mémoire soit flétrie ;

Et qu'avec leurs mânes errans,

Sortent du sein de la patrie

Les cadavres de ces tyrans !

Et quelques mois après, la Convention nationale accomplit ce souhait sacrilége; elle décréta la violation des tombes de Saint-Denis. L'exécution du décret commença le 6 août 1793. Trois jours suffirent pour démolir cinquante-un tombeaux qui se trouvaient dans le chœur et dans l'église, pour violer cinquante-une sépultures, pour détruire l'ouvrage de douze siècles !

Les ossemens tirés de ces tombeaux furent jetés dans une fosse creusée à la place qu'occupa jusqu'au dix-huitième siècle la tour des Valois, monument attenant à la croisée de l'église, du côté du nord.

Chaque cercueil contenait la simple inscription du nom sur une lame de plomb. Ces inscriptions et les coffres de plomb furent transportés à l'Hôtel-de-Ville, et ensuite à la fonte, où ils servirent à fabriquer des balles.

XXVII

Sept bières que recouvre un drap noir à longs plis, etc.

Le caveau des Bourbons renferme les cercueils de Louis XVI, de Marie-Antoinette, de mesdames Victoire et Adélaïde, du duc de Berry et de ses deux enfans.

Selon l'ancien usage, le cercueil de Louis XVIII a été

déposé au bas des marches du caveau, et n'aura les honneurs de l'estrade que lorsqu'un autre Bourbon viendra
prendre sa place.

—

ERMENONVILLE.

XXVIII

On connaît peu l'origine d'Ermenonville ; on sait qu'au
xvie siècle, ce lieu était possédé par Dominique de Vic,
dit lé capitaine Sarrède, et l'un des officiers les plus distin-
gués d'Henri IV. Ce prince l'érigea en vicomté. Plus
tard, elle passa dans la possession de la famille Girardin.
Ce fut alors que les appartemens de ce vieux château, ce
hameau composé d'une douzaine de chaumières, ce sol
sauvage et ingrat, ce désert enfin, furent métamorphosés
en un séjour enchanteur.

Ermenonville est situé sur les bords de la Nonette. On
y parvient par une pente douce. Le sol sur lequel est bâti
le village est en général sablonneux et stérile.

17*

Dans le village est une auberge dont l'enseigne est faite pour appeler les voyageurs. Cette enseigne est :

A l'Image de J. J. Rousseau.

En face de cette auberge est une chaumière, sur la porte de laquelle on lit :

L'Empereur Joseph II a dîné dans cette maison le 24 juillet 1784.

Ce château se trouve placé entre les deux parties principales du jardin. La petite rivière qui coule dans le vallon alimente le lac, la cascade, les fossés du château et une vaste pièce d'eau placée au nord.

Le lac est situé au midi du château ; du sein de ses eaux s'élève l'île des Peupliers où se trouve le tombeau de J.-J. Rousseau. Ce lac est dominé par le temple de la Philosophie, bâti sur la hauteur du coteau. La cascade qui sert de débouché au lac produit un effet très-pittoresque. De la route qui sépare les deux parties du jardin, on jouit de la vue ravissante que présentent le lac, ses bords ombragés, l'île des Peupliers, la cascade et tous les objets accessoires, tels que monumens, temples et fabriques.

Le temple de la Philosophie et l'île des Peupliers méritent une description particulière. Ce temple est bâti sur un point élevé : sa forme est circulaire. On lit sur le frontispice : *Rerum cognoscere causas.* Sur chacune des colonnes se trouve une des inscriptions suivantes : 1° NEWTON, *Lucem ;* 2° DESCARTES, *Nil rebus inane ;* 3° VOLTAIRE, *Ridiculum ;* 4° PENN, *Humanitatem ;* 5° MONTESQUIEU ; *Justitiam ;* 6° ROUSSEAU, *Naturam.* Ce temple est resté inachevé par allégorie , et c'est ce qu'explique l'inscription suivante, placée dans l'intérieur :

HOC TEMPLUM INCHOATUM

PHILOSOPHIÆ NONDUM PERFECTÆ ,

MICHÆLI MONTAIGNE

QUI OMNIA DIXIT

SACRUM ESTO.

Sur le chapiteau de la colonne couchée au pied du temple, on lit ces mots :

Quis hoc perficiet ?

A peu de distance est un petit rocher sur le côté duquel on a écrit :

Joseph II s'y est reposé.

En continuant sa marche, on arrive au désert. Ici tout est aride, triste et sauvage; on y voit plusieurs rochers escarpés ; l'un d'eux offre une grotte où se trouve un siége garni de mousse. Là, Jean-Jacques venait quelquefois se livrer aux sombres rêveries qui accompagnèrent les dernières années de sa vie. Les eaux du lac baignent le pied de ce rocher; et de ce point, les regards de ce grand écrivain pouvaient planer sur cette fameuse île des Peupliers, où ses cendres devaient un jour être déposées.

On a inscrit sur quelques pierres voisines du rocher diverses pensées de Rousseau, celle-ci entre autres : « C'est » sur la cime des plus hautes montagnes que l'homme sen- » sible se plaît à contempler la nature; c'est là que, tête à » tête avec elle, il en reçoit des inspirations toutes puis- » santes, qui élèvent l'ame au-dessus de la région des er- » reurs et des préjugés. »

Plus loin dans le désert, on fait remarquer le lieu où un

jeune homme termina son existence par le suicide : dans une lettre qu'il adressait à M. de Girardin, il témoignait le désir d'être enseveli dans son parc, et ce désir fut accompli. On raconte que le lendemain de cette catastrophe funeste, une femme plongée dans la douleur vint et voulut voir le cadavre défiguré du jeune homme ; elle coupa une tresse de ses cheveux et disparut.

Il est difficile de se défendre d'une émotion profonde en abordant l'île des Peupliers....

Sur l'une des faces du tombeau de Jean-Jacques, on lit cette inscription :

Ici repose l'homme de la nature et de la vérité.

Sur l'autre est un bas-relief de Lesueur, dont la figure principale est une femme qui, en lisant le plus éloquent des écrits de Rousseau, l'*Emile*, allaite son enfant. Au-dessus du bas-relief est une couronne avec l'inscription favorite du philosophe :

Vitam impendere vero.

A l'une des extrémités du tombeau, on lit :

Hic jacent ossa J.-J. Rousseau.

Au nord du château, une vaste prairie, une vaste pièce d'eau d'une forme irrégulière, le bocage, un pavillon gothique, et plusieurs fabriques pittoresques offrent les principaux objets de cette partie des jardins.

Dans le bocage, arrosé par un courant d'eaux vives, enrichi de monumens qui élèvent l'ame, on éprouve une douce émotion. On y distingue un pavillon avec cette dédicace :

Otio et musis.

Et une pyramide consacrée à Virgile et portant cette inscription :

Genio P. Virgilii Maronis lapis iste cum luco, sacer esto.

Le sentier du bocage vous mène, à travers plusieurs objets intéressans, vers la grande pièce d'eau ; au-delà on aperçoit une tour gothique très-pittoresque. Une nacelle vous conduit à travers la pièce d'eau au pied de cette tour, qu'on nomme la *Tour de Gabrielle,* parce qu'on suppose que cette femme s'y était rendue avec son royal amant.

L'intérieur de cette tour et son ameublement répondent entièrement à son extérieur : tout se rapporte au XVIᵉ siècle. On y voit le trophée d'armes de Dominique de Vic, ancien seigneur d'Ermenonville, un des braves du règne de Henri IV, qui perdit une jambe à la bataille d'Ivry, et mourut de douleur en apprenant l'assassinat et la mort du roi.

(DULAURE, *Histoire des Environs de Paris.*)

XXIX

Jusqu'au jour qui le vit pour un autre tombeau
Recueillir les honneurs créés pour Mirabeau.

Un décret de la Convention avait ordonné que les cendres de Jean-Jacques seraient transférées dans le temple des grands hommes, et avait fixé au 20 vendémiaire la cérémonie de cette translation. Le 18, on avait enlevé de l'île des Peupliers son urne cinéraire. Les citoyens d'Ermenonville l'avaient accompagnée jusque dans la commune d'Emile, ci-devant Montmorenci. C'est là que Rousseau avait composé le *Contrat social*, *Emile* et *Héloïse ;* et les habitans de cette vallée qui, tant de fois, l'avaient vu se promener au milieu d'eux, et qui avaient eu la douleur de le perdre, lorsque le fanatisme politique et religieux le força de quitter ces asiles champêtres, voulaient du moins le posséder encore quelques instans. Le corps de Rousseau y resta jusqu'au lendemain à midi.

Le 19, le cortége se mit en marche pour Paris, et arriva, vers les six heures et demie du soir, à la place de la Révolution. Il s'arrêta au Pont-Tournant, aux pieds de la Renommée qui semblait, comme on l'a déjà observé, annoncer à l'univers l'apothéose d'un grand homme. C'est là qu'une députation de la Convention est venue recevoir les restes de Rousseau, et que l'Institut national a commencé à exécuter les airs du *Devin du village*.

La foule se pressait autour du char sur lequel reposaient les cendres de Jean-Jacques; ceux qui avaient vu son tombeau à Ermenonville croyaient reconnaître les mêmes peupliers qui le couvraient de leur ombre hospitalière. En attachant ces arbres autour du char, on avait voulu que la nature seule fît les frais de sa décoration.

Sur un des bassins du Jardin National, on avait formé une espèce d'île, entourée de saules pleureurs qui rappelaient aux spectateurs les pièces d'eau d'Ermenonville. C'est au milieu de cette île factice, sous un petit édifice de forme antique, que l'on a déposé l'urne de Jean-Jacques.

Elle y a reçu les hommages du peuple jusqu'au moment de sa translation au Panthéon.

Décadi, dès neuf heures du matin, les citoyens se portaient en foule au Jardin National; tout annonçait une fête d'un peuple libre. Lorsque tous ceux qui devaient former ce cortége furent assemblés, la Convention nationale quitta le lieu de ses séances, et du haut de cette vaste tribune qui couvre le péristyle du palais, le président lut les décrets rendus pour honorer la mémoire de Rousseau, et au milieu des acclamations de la multitude, il annonça les nouvelles victoires que les soldats de la liberté venaient de remporter sur le despotisme. La fête ne pouvait commencer sous de meilleurs auspices.

Un groupe de musiciens ouvrait la marche et exécutait des airs de la composition de Jean-Jacques. Cette musique, simple et pleine d'expression, faisait éprouver à l'ame un attendrissement religieux bien analogue à la circonstance.

Pour se consoler de l'injustice des hommes, Rousseau s'était livré à l'étude de la nature. La botanique, cette étude qui suppose des goûts simples et vertueux, avait occupé Jean-Jacques à différentes époques de sa vie; des botanistes devaient donc faire partie du cortége; on en voyait un grand nombre, au milieu desquels on portait des fleurs, des plantes et des fruits.

L'auteur d'*Emile*, en mettant dans les mains de son élève les instrumens qui servent aux arts mécaniques, avait réhabilité les arts utiles : un groupe d'artistes et d'artisans précédait sa statue. Le compas qui mesure les cieux, le pinceau et le burin qui transmettent à la postérité les traits des grands hommes, étaient portés, confondus honorablement avec l'utile rabot, la scie, et le soc plus utile encore.

Derrière la statue, on voyait des mères, dont les unes tenaient par la main des enfans en âge de suivre le cortége, et d'autres qui en portaient de plus jeunes dans leurs bras.

On se rappelait, en voyant ce groupe intéressant, que si les mères allaitent aujourd'hui leurs enfans, ce fut l'éloquence de Rousseau qui les rendit à ce devoir sacré.

Les habitans de Franciade, d'Emile et de Groslay, au milieu desquels Rousseau avait composé ses immortels ouvrages, marchaient autour du char qui portait sa statue.

L'urne cinéraire suivait, sur le même char qui l'avait apportée d'Ermenonville.

Des groupes de Genevois et l'envoyé de cette république régénérée accompagnaient les restes de leur compatriote, que Genève aristocrate avait autrefois proscrit.

La marche était fermée par la Convention nationale, entourée d'un ruban tricolore, et précédée du Contrat social, le phare des législateurs.

C'est dans cet ordre que le cortége est arrivé au Panthéon, où la reconnaissance publique a déposé les cendres d'un homme, qui le premier osa réclamer les droits imprescriptibles de l'humanité, qui ne voulut jamais dépendre des hommes, qui n'aima ni le fanatisme intolérant, ni la doctrine désolante de l'athéisme, et qui enfin mérita d'être appelé *l'homme de la nature et de la vérité.*

Moniteur du 24 vendémiaire an iii (15 octobre 1794).

—

LE CHATEAU DE PAU.

XXX

En sa première couche, écaille de tortue.

J'ai vu cette écaille de tortue surmontée d'un drapeau tricolore dans le château de Pau où commande M. Pocques-Beauvais !

LA FORÊT BROCÉLIANDE.

XXXI

Non loin de l'arada chantant ses mélodies.

L'arada a le ramage le plus brillant; il répète souvent les sept notes de l'octave, par lesquelles il prélude; il siffle ensuite différens airs, modulés sur un grand nombre de tons et d'accens différens, toujours mélodieux, plus graves que ceux du rossignol et plus ressemblans aux sons d'une flûte douce. On peut même assurer que le chant de l'arada est en quelque façon supérieur à celui du rossignol : il est plus touchant et plus tendre.   (BUFFON.)

XXXII

Il me parle, il me dit que Thomas d'Ercelonne
Un beau soir égaré par un baiser d'amour, etc.

Il est peu de personnages aussi renommés dans la tradition que Thomas d'Ercelonne, surnommé le Rimeur. Il réunissait le talent de la poésie à la science de l'avenir. Aujourd'hui, il est en grande vénération en Ecosse.

Walter-Scott a fait de l'aventure qu'on attribue à ce barde une ballade en trois parties.

—

SAINT-GERMAIN.

XXXIII

Où s'éleva jadis un vaste monastère
Doté par une Reine.

Pendant la minorité de Louis XIV, les troubles civils qui agitaient la nation forcèrent la régente, Anne d'Autriche, à se retirer à Saint-Germain. Quelques années après, elle fit bâtir le monastère et le pavillon dit *les Loges*, où s'établirent avec une dotation des religieux Augustins déchaussés.

XXXIV

De ce château que, prêt à rendre compte à Dieu,
Louis treize marqua d'un historique adieu!

Au retour de la cérémonie qui fut célébrée dans la chapelle du château, Louis XIII s'amusa à faire babiller son fils. Interrogé comment il s'appelait depuis qu'il avait reçu le baptême, le dauphin répondit avec une sorte de fierté, présage de sa grandeur future : *Je m'appelle Louis XIV*. Le roi mourant parut affecté de cette réponse qui semblait lui annoncer sa fin prochaine, et lui répondit avec humeur : *Pas encore, mon fils.* Puis, baissant un peu le ton, il ajouta : *Mais ce sera peut-être bientôt, si c'est la volonté de Dieu.* Louis XIII mourut quelques jours après.

(Dictionnaire des Environs de Paris.)

—

LE MONUMENT DU DUC DE BERRY.

XXXV

N'a-t-il pas dans ce fort qui pour toujours rappelle
L'opprobre du pouvoir et de ses familiers,
Osé chasser le Christ de la vieille chapelle,
Pour y donner asile à ses soldats geôliers ?

A l'époque où Madame, duchesse de Berry, a été en-

fermée dans la citadelle de Blaye, on a converti la chapelle en un dortoir de soldats !

XXXVI

Par une pluvieuse et sombre matinée
Du mois de février, un vieil ambassadeur, etc.

Le vieux marquis de Moustier, décédé il y a peu d'années. Il avait raconté à plusieurs personnes ce dont il avait
été témoin. Il le répéta à son lit de mort. Je n'ai rien changé
à son récit.

18

TABLE.

※

Ut fama.

VIRGIL.

※

IMPRIMERIE DE HENRI DUPUY,

RUE DE LA MONNAIE, N. 11.